君を守ろうとする猫の話

守護你的貓

Sosuke Natsukawa
夏川草介 著
高詹燦 譯

CONTENTS

序　章

故事的開始

最近有書本消失了。

看來似乎是事實。

奈奈美注視著眼前的書架，盤起她纖細的手臂，展開思索。

最近頻頻有書本從圖書館消失。

之所以說「看來」、「似乎」，講得不乾不脆，是因為證據很模糊。這座老舊的圖書館有大量的藏書。再加上圖書館的工作不是替擺在架上的書本清理塵埃，而是出借給一般市民，所以書本有時擺在架上，有時不在架上。

奈奈美如果是圖書館館長，只要查看借書記錄就行了；如果是厲害的偵探，或許仗著天生的推理能力，便能查明事實，但很遺憾，奈奈美不過只是個放學後順道來圖書館的國二生。不過，她身為愛書人士的父親，從小就常帶她上圖書館，現在她一放學就到圖書館來，如同成了她每天的例行功課，所以她對書本擺放的變化極為敏感。就這點來說，她肯定比圖書館館長還要準確，可能比名偵探更有才能。

一開始她發現擺滿整排書的書架上，有多處出現空隙。接著她發現，那空隙不管過了多久，還是一樣空在那兒。

史蒂文生的《金銀島》從「兒童文學」的書架上消失。白色書背特別漂亮的

《清秀佳人》、尼莫船長表現活躍的《海底兩萬里》，也都遲遲不見歸還。

奈奈美很喜歡的《貓頭鷹在家》和《田鼠阿佛》，也從繪本區消失了。走過文學書的書架，找不到《在輪下》和《老人與海》。所有書架都出現很顯眼的空缺處。

——是借書的人突然變多了嗎……。

奈奈美暗自趕走心中浮現的疑問。

圖書館這棟建築本身頗大，藏書豐富，但以施設來說，它真的很古老。不但建築老舊，空調也差，有些地方還帶有霉味，有些角落因為燈泡不亮而顯得昏暗。現在借書的人突然增加，實在沒這個道理，況且實際上，館內仍一如往常的冷清。

不可思議的是這些大人們，他們始終沒發現這項變化。圖書館的職員們就只是忙碌地處理事務性工作，沒注意館內的變化。

「到底是怎麼回事……」

奈奈美小小的拳頭抵向下巴，刻意發出聲音說道。但就算發出聲音，當然也沒人會回應。

如果緩緩轉頭移動目光，會覺得大型的鋼製書架上擺滿書，沒什麼變化，但如果走在通道上，那一處處像缺牙般的空洞便會映入眼中。也許正因為奈奈美熟悉圖書館的一切才會發現，但不管怎樣，確實有變化。

這裡的書確實變少了。

「妳說，我們最好核對一下書本？」

圖書館一樓的櫃臺處，響起圖書館員羽村老先生的聲音。

雖然也不是多大聲，但因為位於一樓正面的櫃臺天花板是採挑空設計，所以羽村老先生的聲音雖然沙啞，卻還是顯得很大聲。儘管很大聲，但這是一座原本就沒什麼人會來的圖書館，所以也沒人會注意。就只有一位剛好從背後路過的老婦人朝他們瞄了一眼。

奈奈美盡可能以若無其事的口吻回答。

「原本應該有的書不見了。我想，可能不只一兩本。」

聽她這樣說，坐在櫃臺對面的羽村老先生，瞇起他老花眼鏡後方的雙眼。朝這位身穿制服的少女望了一眼後應道。

「原來如此。那可是件大事呢。」

接著他的視線移回手邊的檔案夾，忙碌地動筆寫字，繼續說道。

「可是奈奈美，如果因為書架上的書少了，而非得這樣大驚小怪不可的話，妳自己以後不就也不能借書了嗎？」

這拐彎抹角的說法有點難懂，奈奈美偏著頭感到納悶，但她很快便發現這是老先生自認幽默的說法。而且是極具諷刺的幽默。

「妳聽好了，奈奈美。」

老圖書館員啪的一聲將檔案夾闔上，撫摸著他那長長的白鬍鬚，雙眼望向奈奈美說道。

「這裡是圖書館。來這裡的人只要是想借書，辦個簡單的手續就能馬上把書帶走。也就是說，書架上的書隨時來來去去。從妳還是幼兒園的園童，和妳父親一起來這裡借《好餓的毛毛蟲》那時候起，這個規則就沒變過。如果妳忘了，可以去看一下貼在那面牆上的使用規定。」

今天選錯日子了。奈奈美很冷靜地在腦中嘆了口氣。

羽村老先生並非普通的圖書館員。他在圖書館裡工作了幾十年，退休後仍繼續擔任櫃臺人員的工作，可說是這座老圖書館的活字典。他個性彆扭，陰晴不定，不好相處，撇開這些不談的話，他不是什麼壞人。他以前也介紹過奈奈美不少書。但如果遇到他心情不好的時候，就會被他的毒舌給纏上，吃足苦頭。

今天顯然選錯了日子。

「話說回來。」

這位老圖書館員以他指節浮凸的手指敲打著檔案夾的封面。

「這家圖書館和我一樣都上了年紀。所謂上了年紀，就是又老又舊，忘的東西也多。就算少了幾本書，也別太在意，要加以體恤，這可是你們年輕人該扮演的角色吧。」

看來會沒完沒了……

奈奈美的思緒已離開櫃臺，漫步在二樓的英國文學書架前。她目前正在閱讀的《咆哮山莊》，可能今明兩天就會看完，所以得思考下一本該看什麼了。不過，今天還是別問他推薦看什麼書比較好。

「妳在意我們圖書館，這份心我很感謝。但我們的工作也是堆積如山……」

老圖書館員突然閉口不語，因為奈奈美口袋裡的手機發出小聲的鈴響。不是有人來電。而是她設定在傍晚的鬧鈴。

奈奈美迅速從書包裡取出噴霧吸入器，湊向嘴巴吸了一口。奈奈美一天都需要吸好幾次支氣管擴張劑。早晚倒還好，但傍晚追加的吸入劑常會忘了吸，導致嚴重發作，所以父親吩咐她要先設好鬧鈴。

羽村老先生等奈奈美吸完後，微微放慢語調補上一句。

「我待會兒會去書架那裡確認一下。奈奈美，妳有力氣擔心書的事，還不如多擔心妳自己的身體吧。」

「這用不著你操心。」這句話奈奈美當然沒說出口。她默默低頭行了一禮，轉身背對櫃臺，在心裡暗自說出一句浮現腦中的回嗆。

——沒用的傢伙。

奈奈美也有自覺，這樣對圖書館的活字典很失禮。

幸崎奈奈美，十三歲的國二生。

個子不高，之所以身材纖瘦，皮膚白皙，是因為她從小就因氣喘而很少外出。氣喘是一隻管不住的悍馬，只要稍微運動一下，或是緊張，就會用鐵蹄在她的支氣管裡四處奔騰。奈奈美小學時，常被救護車送往醫院。因為有這樣的身體，她沒辦法和其他朋友一起在外頭四處奔跑，或是結伴到處遊玩，她始終過著一放學就獨自前往圖書館的生活。

看在旁人眼裡，常會對她這樣的生活寄予同情，但奈奈美自己倒是不覺得有任何不自由之處。

只要氣喘別發作，自然最好，但這種能自己一個人隨意埋首於閱讀中的環境，她覺得也不錯。

因此，圖書館的書消失不見，對奈奈美來說，是很嚴重的問題。

「竟然叫我去看使用規定。」

奈奈美在圖書館二樓的閱讀區，整個人趴在桌上。

這裡擺了好幾張老舊的大書桌，當中靠窗的座位光線明亮，是奈奈美的指定座位。她放學後總是坐在那個位子看書。

雖然桌上有一本看到一半的書敞開著，但今天奈奈美提不起勁，無心閱讀。

「人家是擔心，才特地去告知這件事，但那個個性彆扭的老爺子……」

「看妳的樣子，似乎碰了一鼻子灰，辛苦妳了。」

回應她的，是坐她對面，從小一起長大的今村一花。

一花的個子高，體態又好，與個頭嬌小的奈奈美相比，看起來就像是大她一屆的學姊。一花頂著一頭清爽的短髮，模樣與腦後綁著一束長長黑髮的奈奈美也形成了對比。

一花望向連接一樓的巨大挑空空間，露出夾帶同情的苦笑。

「哈姆爺爺總是板著一張臉，所以很難分辨他到底什麼時候心情好，什麼時候心情差。」

「今天尤其難以分辨。大概是太忙碌了吧。我完全解讀錯誤。」

奈奈美下巴撐在手腕上，小小聲發著牢騷。

附帶一提，「哈姆爺爺」是一花替羽村老先生取的綽號。奈奈美認為這綽號很可愛，與那位滿臉皺紋，總是板著臉孔的老先生很不搭，不過也因此相當特別，她也很喜歡。

「不過，書真的變少了嗎？在我看來，倒是覺得多得有點過頭呢。」

一花環視書架，如此說道。

閱讀區的外側，隔著狹窄的走廊，是一整排外型粗獷的鋼製書架。各個書架的側面貼有日本文學、經濟、哲學、民俗資料等各式各樣的牌子，看得出這頗有深度的書架擺放了大量的藏書。雖然從奈奈美現在的位置看不到，不過，在這些書架的後面有收納了世界各國文學的書架，依照不同國家分類，井然有序地排列。

從日照良好的閱讀區來看，在那略顯昏暗的空間裡整齊排列的一整列書架，可用壯觀來形容。

「這跟山一樣多的書本，就算少了幾本，妳也看得出來嗎？」

「因為消失的不是新書或是熱門作品，所以一般人可能不會察覺。但確實有幾本以前就有的舊書不見了。像《大提琴手高修》和《命運騎士[1]》就一直沒回來。」

「發現這件事的人，大概就只有奈奈美妳這位圖書館裡的房客吧。」

「妳說誰是房客啊。」

「因為妳掌握了連那位哈姆爺爺也沒發現的事，所以也許不該說妳是房客，要稱房東才對。」

會有這場毫無顧慮的交談，也是因為兩人之間有難解之緣。

一花和奈奈美住得近，小學曾有一段時間都一起上學。一花上國中後加入弓道

1《命運騎士》（Knight's Fee）：英國作家羅斯瑪麗・薩特克里夫（Rosemary Sutcliff）於一九六〇年出版的兒童歷史小說。

社，雖然兩人沒一起上下學，但社團沒活動的日子，她都會單手拎著用黑布包裹的弓，到圖書館來露臉。就算在家中也都會勤練「拉弓」的一花，似乎不光學妹倚賴她，就連學姊們也很倚重她。

「不過，為什麼書會消失呢？」

一花提出這很單純的疑問。

「就算是有人拿走，它終究是舊書啊。就算拿到網路上的拍賣市場賣，也賣不了什麼錢啊。」

「我也想不透原因。不過……」

奈奈美一頓，閉上嘴，環視四周，壓低聲音接著說。

「我曾看過一個可疑人物。」

一花表情轉為嚴肅。

她學奈奈美環視四周，但這麼多書桌，只有寥寥數人。除了遠處的靠窗座位，一名望著窗外發呆的老婦人外，就只有一位在繪本區前，把嬰兒車擺在一旁的母親。當然沒看到什麼「可疑人物」。

「會不會是妳自己誤會了？」

「我現在還無法說得很篤定。不過，我確實有幾次看過奇怪的人。不過我還沒跟哈姆爺爺說。」

「這種沒把握的事可不能隨便說。要是講的時機不對，他可能會對妳發飆。」

「他其實本性不壞。而且他介紹過我各種書。」

「那本也是嗎？」

奈奈美朝望向她手中那本書的一花點點頭。

「艾蜜莉・勃朗特的《咆哮山莊》。是哈姆爺爺推薦的書。」

「這種厚厚一本，而且字密密麻麻的書，會有趣嗎？」

「有趣啊。好像人們都說它是戀愛小說，但其實不光只是這樣。主角在少年時期受盡富豪的欺凌，後來當他自己也變得富有時，便回來復仇。哈姆爺爺也說這是一部留名文學史的最棒復仇劇。」

「文學的世界也很黑暗嘛。」

一花似乎很受不了。

悠哉地望著窗外的老婦人，拿起枴杖走向電梯。一花趁這個機會也站起身說：

「那我回去好了。」

「妳不用寫作業嗎？」

「我收到我爸媽的訊息，說他們今天晚上才會回家，要我連同我弟弟的晚餐一起準備。」

「妳爸媽還是一樣很忙呢。辛苦妳了。」

「還好啦。奈奈美妳家中沒有媽媽，應該更辛苦吧。」

一花拿起立在牆邊的弓，以爽朗的口吻談到這件事。

就像一花說的，奈奈美的母親在她年幼時便已過世。奈奈美和父親相依為命。能很自然地談到這件事，想必也是因為兩人有著緊密難解的緣吧。

「父女倆組成的家庭，我實在無法想像。感覺很辛苦。」

「其實也不會啦。我爸有事要忙的時候，都是在外頭用餐，我只要準備自己的份就行了，而且真覺得麻煩的話，只要去便當店買就行了。」

「妳還是老樣子，那麼怡然自得。」

奈奈美小學時，父親也會提早回家準備晚餐，但她上國中後，父親工作變得忙碌，常常很晚才回到家。

「也許獨生女反而比較輕鬆。像我家，我媽要是連續兩、三天比較晚回家，家裡就亂成一團。我弟弟只會吃，都不會收拾。」

一花的抱怨，奈奈美聽了雖然笑了，但還是微感羨慕。

以一花的情況來說，準備晚餐確實辛苦，但想必是和弟弟一起坐在餐桌前用餐吧。不像奈奈美家，父親晚歸的日子，晚餐總是她一個人。

再見嘍——已向前邁步的一花突然停步，轉過身來。

「奈奈美，妳可別太深入查探怪事哦。因為妳身體不太好。」

一花坦然告知想法後，連同那把弓一起微微舉起右手，轉身離去。

有個可以這樣若無其事地對自己說這句話的朋友，奈奈美覺得很高興。

她小學時因為氣喘的緣故，一再地住院出院。再加上他們家只有父女兩人，所以不論是在學校還是在醫院裡，總是能聽到許多誇張地表示同情或安慰的話語。像一花這樣，能以如同問候「早安」「午安」般的口吻，很自然地給予關切的朋友，她覺得格外珍貴。

——下次請她到家裡吃晚餐吧。

對象只有國中生的晚餐聚會，父親會不會同意，奈奈美也說不準，但這還真是個好主意呢。

奈奈美心裡想著此事，視線落向《咆哮山莊》。

希斯克里夫的復仇劇正漸入佳境。

第一章

同行者

不知不覺間，書桌周邊已染成淡紅色。

奈奈美抬頭看，夕陽已完全傾沉，民宅後方是一大片晚霞。窗邊的空氣似乎溫度驟降。

前些日子才剛覺得大路旁的樹木已轉為紅葉，但轉眼季節已邁入初冬，晴天的白日氣候宜人，但太陽一下山，寒氣便悄然而至。奈奈美並不怕冷，但乾燥是氣喘的天敵，所以她不喜歡冬天。不過，不管炎熱還是寒冷，她有限的行動範圍都不會有什麼變化，換成冬季制服後，就只是隨著日曆上的日子一天一天過去，漸漸添上大衣和圍巾罷了。

不管怎樣，波瀾壯闊的《咆哮山莊》已來到尾聲，不知不覺間似乎過了很長一段時間。

窗外之所以微微傳來孩子們的歡笑聲，是因為這裡緊鄰一座小學的操場。在行道樹後方，可以看見少年們拖著長長的影子，儘管已是黃昏時分，仍賣力地追逐著足球。

「已經這麼晚啦⋯⋯」

她視線移往室內，陽光斜斜照進室內深處的館內不見人影。那位坐在窗邊的老婦人，以及原本在繪本區的母親，似乎已經回家了。館內空蕩的景象，對這座老舊的圖書館來說，已是司空見慣的事。

奈奈美確認掛鐘的指針已即將來到關門時間，她將《咆哮山莊》闔上，收進書包裡，正準備回家時，發現不遠處的書架前站著一名男子。

是一位身穿灰色西裝，體格結實的男子。因為背對著她，看不見對方的臉，但奈奈美近乎反射性地在心裡發出一聲驚呼。

——是他！

是之前也常在圖書館露面的男子。因為那沒半點皺褶的西裝，以及和西裝同色調，模樣復古的鴨舌帽，使他看起來像是有身分地位的人物，而不像一般的上班族。除此之外，沒什麼特別怪異之處，但奈奈美發現，自從這個人出現在圖書館後，就老是會有書不見。此人就是她跟一花說的「可疑人物」。

——不過還不能一口咬定他是偷書賊……。

之所以刻意這麼想，是為了壓抑激動的心跳和緊張。

奈奈美趁男子消失在書架深處時，匆匆起身，離開閱讀區，朝男子所站的地方走近。

那一區收納了適合少年少女看的推理小說，滿是江戶川亂步和柯南・道爾的作品。奈奈美環視這些她平日看慣的書架後，旋即皺起眉頭。一整排的《福爾摩斯全集》旁，出現一個大空洞。原本和福爾摩斯一起擺滿書架上的《亞森羅蘋全集》前十集，悄悄失去蹤影。

一共三十集的系列作品，有三分之一消失。雖說有書本消失，但並非一次全部消失。

——光這數量就已經是個大問題了，竟然連亞森羅蘋都敢偷，膽子不小。

《亞森羅蘋全集》是奈奈美很喜歡的作品。這位怪盜紳士是變裝的名人，同時又是武術高手，雖是小偷，卻又會對窮人或受苦的人伸出援手，對當時還是小學生的奈奈美來說，他無疑是位英雄。她曾經因看得無比入迷，在床上的暗處閱讀，被父親發現後，挨了一頓罵。而《奇巖城》和《813之謎》，更是一看再看，幾乎都快會背了。

奈奈美望向男子行走的方向。

她看到男子來到長長的書架盡頭，轉身往內走。在那短暫的瞬間，奈奈美也看到他那大大鼓起的黑色包包。

奈奈美馬上快步走向前。

她小跑步來到書架的盡頭，往通道內探頭望，看到男子這次是走進前方隔了幾排書架，貼著「法國文學」牌子的書架中間。雖然奈奈美悄悄緊跟在後，但她突然感到胸口不太對勁，因而蹙眉。

一些突然的動作或是過度緊張，會造成氣喘發作。

她固定就診的那家診所的醫生平靜的聲音，在耳中響起。就像與醫生的聲音重疊般，喉嚨深處微微傳來像笛子般的尖銳聲響，但奈奈美仍不願就此停步。當她來到「法國文學」的牌子下方時，笛聲已轉為清晰的風切聲，開始朝她整個肺部擴散開來。

「沒辦法了是吧……」

她說出這句話時，聲音已顯得沙啞。這是危險的訊號。

奈奈美右手從口袋裡取出發作時用的吸入劑。她迅速吸了口藥，背倚向書架側面，調整急促的呼吸。這時候絕不能慌。她緩緩等了數十秒，確認發作的情況沒再急遽惡化下去。

「看來還是沒辦法玩偵探遊戲……」

奈奈美如此低語，接著突然感到全身虛脫無力，就這樣背靠著書架，整個人癱坐地上。

不能像哈克一樣在森林裡東奔西跑，或是像戈登一樣，和同伴們一起走在鐵路上[2]奈奈美並不會覺得難過。但在重要時刻無法動彈，如果說不會覺得心有不甘，那就是違心之言了。

「我沒辦法像亞森羅蘋那樣帥氣……」

這樣的喃喃低語，有一半是牢騷，有一半則是為了轉換心情。奈奈美很清楚，為了這種事而沮喪，根本沒有意義。雖然支氣管出了狀況，但她思路依舊清晰。

眼下重要的是，書本確實被人擅自帶離圖書館。

亞森羅蘋全集當中有十集憑空消失，就算是那位難侍候的老圖書館員，也沒辦法一笑置之吧。問題是那個男人到底是何方神聖。現在這個時代，還從老舊的圖書館偷走舊書，奈奈美不覺得這樣能得到什麼好處。

2 此情節出自史蒂芬．金的小說《四季奇譚》中的〈總要找到你〉（The Body）。也拍成電影《站在我這邊》。故事講述戈登、克里斯、泰迪、魏恩四名男孩沿著火車軌道展開的一趟旅程。

她思索著這個問題，不經意地朝男子消失的通道深處窺望，這時，她忍不住發出不成聲的驚呼。

書架間的狹窄通道，全都是類似的構造，鋼製的高大書架占滿了兩側。就只有天花板一整排昏暗的日光燈，無比單調的設計，並沒有因為這裡是「法國文學」的通道，就裝飾得像凡爾賽宮般金壁輝煌。

不過，奈奈美此時看到的，並非平時看慣的昏暗通道。當然了，也不是什麼奢華的巴洛克樣式。通道深處被柔和的藍白色光芒包覆。靠近奈奈美這一側，擺著老舊的波特萊爾和福樓拜的全集，一如平時的景致，但書架從半途開始散發藍白亮光。不僅如此，盡頭處的牆壁消失，書架的通道一路往亮光的彼方不斷延續。

「這怎麼……？」

奈奈美茫然地說道。

這座圖書館對奈奈美來說，就像她的後花園。從她念幼兒園的時候起，就常和父親一起在館內四處走動，有時還會走進辦公室或倉庫裡，而挨哈姆爺爺罵。當然了，她從沒看過這種會發光的通道。

奈奈美就像被吸過似去的，起身到一半，這時耳中突然聽到一個背後傳來的低沉聲音。

「別過去，妳還是別靠近比較好。」

奈奈美驚訝地回身而望，她眼前沒半個人影。雖然沒有人影，但對面「義大利文學」的牌子底下蹲踞著一團小小的渾圓身影。

兩個呈等邊三角形的耳朵底下，一雙翡翠色的漂亮眼睛炯炯生輝。那亮澤的銀色貓鬚往兩旁挺出。

「貓……？」

確實是貓。

那隻貓就像在回應奈奈美的低語般，挺起身，緩緩朝奈奈美走來。是一隻褐、黃、白三色交雜，體形頗有分量的虎斑貓。

走到她眼前的這隻貓，那雙漂亮的眼睛散發精光，低聲說道：

「妳不要緊吧？」

為之傻眼的奈奈美，一時答不出話來。

「剛才看妳好像很難受的樣子，妳沒事吧？」

確實是貓在說話。牠這番話的內容，是對奈奈美表示關心，但口吻卻極具威嚴。

奈奈美眼睛眨了兩、三下後，這才緩緩點頭。

「我應該……沒事。」

「那就好。」

貓悠哉地應道，望向發出藍白色亮光的通道。

「妳別太勉強。那不是妳有能力追捕的對手。」

那是彷彿會在人腹中產生迴響的渾厚嗓音。

奈奈美心想，圖書館和貓的組合也不錯。但貓會說話，那又另當別論了。

奈奈美手抵向胸口，做了個深呼吸。她胸腔裡的雜音明顯已經遠去。

——氣喘發作穩定下來了。

她記得曾在某本書上看過，一旦氣喘的情況惡化，腦中就會缺氧，有時還會看到幻覺，但現在似乎不是這種情況。

奈奈美的視線移回眼前這隻貓身上。

「你……是貓對吧？」

「真是蠢問題。我看起來像狗嗎？」

虎斑貓問人，自己難道看起來像狗嗎。坦白說，這令人有點混亂。

當然了，虎斑貓的回答，沒半點能令人接受的要素。

「我所知道的貓，並不會說話。」

「這也是蠢問題。我們只是不會和人一樣，老是說那些沒意義的話罷了。該說的時候說，該沉默的時候沉默。這就是貓。」

這種對貓的定義，從沒聽說過。

奈奈美雖然沒有頭痛的毛病，但還是不自主地抬手抵向額頭。那隻貓以處之泰然的態度接著往下說。

「總之，我能告訴妳的，就一件事。別靠近那條通道。」

「要我別靠近……那到底是什麼？」

「沒什麼。」

「怎麼可能會沒什麼呢。」

奈奈美的反駁中加了幾分力道。

就算要找藉口，也應該用別的說法才對吧。

「這怎麼看都非比尋常。」

「那我換個說法吧。這不是妳該牽扯的問題。」

那是很嚴肅的回答，就像要將奈奈美那小小的好奇心從根切除般。

「這個問題遠比妳想的還要麻煩。要是隨便涉入會有危險。前方再過去……」

「剛才那名男子，你知道他對吧。」

奈奈美毫不客氣地打斷那隻貓嚴肅的發言。

她這樣的反應，似乎令貓頗感意外。原本展現得無比超然的貓，第一次露出微妙的困惑之色。

「剛才那傢伙把書拿走是嗎？」

「沒錯。可是……」

「只要前往那處通道，就能找到被他帶走的書。」

「少女啊。」

虎斑貓的口吻增加了幾分嚴峻。

「剛才我也說過，這不是妳能處理的問題。妳現在該做的事很單純明確。那就是閉上嘴巴、摀住耳朵、目光轉向一旁，趕快離開這裡。這麼一來，就又能像什麼事都沒發生過似的，啊……」

那隻貓突然發出洩氣般的聲音，因為奈奈美突然伸出右手，一把抓住牠的後頸。她就這樣這樣抓住貓的後頸，提到自己面前。

「妳、妳做什麼！」

「書就在那前面對吧？」

「放開我。我這麼說是為妳好耶。」

虎斑貓像在瞪人般，雙目生輝，但因為被提在半空中，牠剛才的威儀已蕩然無存。就只有牠粗大的尾巴左搖右晃。

「告訴我，要怎樣才能把書拿回來。」

「我說會有危險，妳沒聽到嗎？」

「有危險，就表示有拿回來的方法對吧？快告訴我。」

虎斑貓露出傻眼、焦急、困惑，以及其他各種情緒交雜的表情，回望奈奈美。

「如果我拒絕，妳要怎麼做？」

奈奈美微微偏著頭沉思。

「我會一直這樣拎著你，直到我的手發麻無法動為止。」

「說這什麼蠢話……」

「別看我瘦弱的樣子，也許臂力超乎你的想像。畢竟我搬過許多厚重的書。」

奈奈美那無比冷靜的聲音，令虎斑貓就此閉口不語。

經過短暫的沉默後，虎斑貓就像死心般，沉聲低語道：

「……放我下來。」

虎斑貓落向地板後，先用力抖動全身。

「真是個古怪的少女。妳都不怕嗎？如果是一般人的話，光是看到貓開口說話，就有一半的人會拔腿就跑。」

「這麼說來，我算是那另一半的人。」

「錯。另一半的人是裝作沒聽見。」

原來如此——奈奈美覺得有道理。

「不過，我雖然感到吃驚，但不覺得可怕。先不談這個，重要的東西被人擅自拿走，這才是大問題。」

「重要的東西？」

「《亞森羅蘋全集》。」

奈奈美以沉著的口吻回答，眼神出奇的認真，虎斑貓想必是注意到了這點，不再頑固地加以反駁。

牠朝奈奈美露出懷疑的眼神，像在試探般地低語。

「看來，妳不像在開玩笑。」

奈奈美頷首。

「有氣喘的毛病，又軟弱無力的女生，幫得上忙嗎？」

「氣喘不是問題，而妳是男是女也沒關係。在那條通路的另一頭，真實和心靈的力量代表了一切。」

「太艱深的事我不懂，不過，如果是心靈的問題，我可能幫得上忙。因為我還挺堅強的。」

「看來……」虎斑貓靜靜注視著奈奈美，接著說道：「似乎是這樣沒錯。」

虎斑貓做了個深呼吸後，再次抬頭望向奈奈美。

「妳真的要跟我一起來？」

「如果能把書拿回來的話。」

「這趟旅程中會發生什麼事，連我也不知道。少女，這樣妳還是要來嗎？」

奈奈美用力點頭，說了一句：「不過，在那之前」，左手緩緩抬起貓的前腳，右手溫柔地握住它。

「我不叫『妳』，也不叫『少女』。我名叫奈奈美。請多指教。」

貓的前腳微微往後縮，雖然牠不悅地回了一句：「我是虎斑貓阿虎」，卻無意甩開被奈奈美握住的前腳。

為什麼我會想跟著這隻神奇的貓走呢？

奈奈美自己也沒有明確的答案。

不過，打從第一次聽到這隻貓的聲音，她就不覺得可怕。非但如此，還隱隱有種類似熟悉的感覺。

說到可怕，奈奈美知道有種更為巨大的可怕。她有多次覺得自己可能會死的經驗。無法順利呼吸，頭痛欲裂，聽不到周遭人的聲音，以為自己死定了，而就此放棄的經歷，也不光只有一、兩次。

就這樣，每次遇到阻礙，她便放棄某些事物，所以像今天這種奇妙的日子，她說什麼也不想放棄。畢竟，能遇到會說話的貓，這樣的日子實在太特別了。

「好多書啊……」

跟在貓後面走的奈奈美，環視四周，嘆了口氣。

一開始原本理應是走在自己看慣了的「法國文學」書架間，但旋即被柔光包覆，現在則是走在藍白色的書架通道中央。

兩側擺放著從沒見過的書。不光書名沒見過，整排都是陌生的文字和符號，還有裝幀老舊，看起來年代久遠的書。有皮革封面、布封面等豪華的書，也有僅用幾根絲線串在一起，嚴重褪色的紙。總之，書架的通道一路往前無限綿延，龐大的藏書占滿兩側。

「儘管如此，書本的數量還是慢慢在減少中。」

「減少？為什麼？」

「因為人們心靈的力量變弱了。真教人遺憾。」

雖然牠嘴巴上說遺憾，但口吻卻很平淡。

「不過，現在該擔心的不是這個。」

「是被拿走的書對吧。剛才那名男子就在前面對吧？」

「沒錯。一個四處走動，從不休息的男人。妳不見得會遇上他。」

「要是遇上的話，該怎麼做？」

「和他談。」

虎斑貓突然回了一句這麼中規中矩的答覆，奈奈美露出奇怪的表情。

虎斑貓沒加以理會，繼續說道。

「剛才我應該也說過。在這座迷宮裡，真實的力量最為強大。謊言完全派不上用場。因此，妳要說出自己心中的真實，把書拿回來。」

「可是，面對一個擅自把書拿走的人，和他談行得通嗎？」

虎斑貓突然沉默。

發光的通道上，突然只有奈奈美一個人的腳步聲變得特別響亮。

「……妳指出的問題點很犀利。」

「感覺你的回答讓人很不安呢。」

「讓妳感到不安，那也不關我的事。之前已經有好多人踏進迷宮裡想把書拿回來，但都被那傢伙說的話給吞噬，失去了心靈。」

這句駭人的話，聽得奈奈美為之噤聲。

「失去心靈的人，會忘掉一切和書有關的回憶。再也不看書。」

「那可教人傷腦筋呢。」

「我們這是第一次意見一致。我也很傷腦筋。」

聽到虎斑貓那微帶苦澀的聲音，奈奈美不禁面露苦笑，應了聲「可是」。

「我覺得不會有問題的。」

「這回答真令我驚訝。在這種情況下，妳為什麼這麼認為？」

「我也不知道。就只是有這種感覺。」

奈奈美靜靜地回答。

奈奈美自己也覺得很不可思議。感覺和虎斑貓走在一起，不安和緊張便會自然地消失。虎斑貓轉頭冷冷地瞥了奈奈美一眼。

「毫無根據的樂觀主義很危險。『傲慢是人們最大的敵人』。」

奈奈美微感驚訝。

「真厲害。沒想到會在這種地方聽到《哈姆雷特》的名言。」

「不過，如果只是一再地發牢騷或講喪氣話，稍微帶點樂觀主義也不壞。尤其是未來前途難測時。」

「感覺你很不坦率呢。」

「這是當然。貓的個性就是這樣。」

那過度加重語氣的聲音在通道上響起。

不久，藍白色的書架通道，被白光緩緩地包覆。

「順便告訴妳。」低沉的聲音再度響起。「那不是出自《哈姆雷特》，而是出自《馬克白》。」

連這個聲音也融入光芒中。

刺眼亮光逐漸遠去後的景象，令奈奈美大感吃驚。

原本占滿兩側的書架已消失無蹤。

奈奈美和貓站在留有多道車轍的黃土道路上。

兩側種有低矮的闊葉樹，明亮的陽光從天空灑落。手擺在額頭上遮光，望向前方的奈奈美，不禁喃喃低語道：

「城堡……？」

只能這樣來形容的石造建築，就坐鎮在筆直的道路前方。

氣派的城牆，城牆後方的高塔。城牆上一律都是灰色，沒半點圖案的旗幟隨風翻飛，到處都站著手持舊式步槍看守的士兵。城堡的正面有個呈拱橋狀的高大入口，以鎖鏈垂吊而下的堅固木板橋，橫越城堡前方的護城河。

確實是一座城堡。

之所以突然傳來一陣喧鬧的地鳴聲，是因為背後有輛雙頭馬車穿過森林急馳而來。拖著貨架的馬車沒理會急忙避向一旁的奈奈美，以飛快的速度向前奔去。奈奈美望向馬車衝進的城門，皺起眉頭。

「好多士兵啊。」

事實上，不光城牆上，木板橋的左右兩側也站著手持步槍的兩名士兵。

「會不會突然朝我們開槍啊？」

「怎麼啦，突然害怕了嗎？」

「看到槍，不會害怕才有問題吧。」

「別擔心。那只是虛張聲勢罷了。真正有力量的人，不會隨便拿武器向人誇耀。愈是弱者，愈會使用偏激的話語。」

虎斑貓隨口說道，邁步朝城門走去。

奈奈美也急忙隨後跟上。

很快便來到城門前，但站在木板橋兩側的士兵卻只是默默朝他們敬禮。他們手中的步槍沒動，但奈奈美看到士兵們的臉，嚇了一跳。因為這兩名士兵都面色如土，沒半點血氣。非但面無表情，而且長相沒半點特色，令人感到訝異，目光才剛從他們臉上移開，就已經想不起來他們是長什麼樣。

「同樣的臉，而且臉色都很難看……」

「是『灰衣男人[3]』每個都一個樣。」

就像虎斑貓說的，穿過城門後，看到的男人們全都一個樣。

站在城牆下的人、牽馬走遠的人，甚至是新駕著馬車跑來的車夫，也都同樣是灰色的臉。

天空灑落的暖陽，與全都是灰色的眾多臉龐形成的對比，感覺無比詭異。

「你說到『灰衣男人』……」

奈奈美沿著石牆走，如此低語。

「我以前曾在書裡看過。」

「那是很寶貴的經驗。」

「寶貴？」

「現在知道他們這些傢伙的人並不多。」

走在前面的虎斑貓，頭也不回地繼續說道。

「他們非常危險。過去也有人發現這件事。而這些人在許多書上提到其危險性。但現在幾乎都被人們遺忘了。」

虎斑貓語氣平淡地說著，但聲音中微微帶有一絲哀愁。

「雖然你說人們忘了，但那麼詭異的人，不是輕易說忘就忘得了吧。」

「要好好珍惜妳覺得詭異的這分感性。現在全世界正慢慢染成了灰色。他們很自然地融入人們周遭，大部分人都渾然未覺。」

天空突然變寬敞，因為左右的石牆已到盡頭，他們來到一處大廣場。

映入眼簾的，是更加怪異的景色。

被城牆包圍的廣場中央，築了一座大祭壇，裡頭燒著柴火，黑煙直冒。灰面士兵在四周來來往往，有人將木箱搬往祭壇旁，有人從木箱裡取出某個東西，陸續扔進烈焰中，有人立正站好，對四周戒備，全部混雜在一起。不時傳來吆喝聲，但因為每個人都是灰臉，所以看起來似乎頗有活力，感覺沒什麼真實感。

3 出自米夏埃爾．恩德的奇幻小說《默默》中的人物。灰衣人自稱代表「時間銀行」，實際上是竊取時間的人。

突然背後傳來一陣喧鬧聲，因為又有新的馬車飛馳而來。從奈奈美他們面前跑過的馬車，在祭壇前停下後，士兵們馬上一擁而上，開始用耙子或鏟子粗魯地將堆在貨架上的東西卸下。奈奈美看到從貨架上翻落地面的東西後，蹙起眉頭。

是書。

大小皆有，裝幀各有不同的書，就像垃圾一樣撒落地面。

「全部都是書？」

「沒錯，世界各地的書都運來這裡燒毀。」

「為什麼？」

「因為他們認為這樣做是對的。」

虎斑貓的答覆並未回答她的提問。

士兵們用耙子將掉落地面的書聚攏，扔進木箱裡，搬往祭壇旁，陸續丟進烈焰中。火焰愈燒愈旺。

奈奈美目送馬車往廣場的反方向而去，惴惴不安地問道：

「雖然覺得不太可能，但《亞森羅蘋全集》該不會已經在這團火焰中了吧？」

「它不在裡頭。」虎斑貓很肯定地說道。「那裡能燒的，都是虛弱的書。有力量的書，他們處理不來。都是運往別的地方。問題在於那個地方……」

虎斑貓告知此事時，奈奈美突然覺得像是有人在叫喚她似地，轉頭張望。

她並非真的聽到聲音。但環視四周的奈奈美，目光被一座宛如俯瞰整個廣場般矗立的高塔所吸引。塔的底座有一排足以容納五、六個人並排而行的氣派石階。

「那是？」

「不用說也知道，是城堡。」

「我覺得就在那裡頭。」

奈奈美如此回答時，已邁步向前走去。虎斑貓一時瞇起牠翡翠色的眼睛，但牠不發一語，跟在奈奈美身後。

他們繞過黑煙直冒的祭壇，來到正面的大階梯下，這段時間遇上同樣灰臉的士兵們，但沒人對奈奈美他們有反應。站在石階兩側的士兵一樣也只是敬禮，沒阻擋他們的去路。

「真是不可思議。帶路的人理應是我，但現在卻像是妳在替我帶路。」

虎斑貓的低語，奈奈美就只是微微回以一笑，便開始登上眼前的大階梯。

這算不上什麼多陡的階梯，但階數相當多。登上最頂端時，奈奈美手抵在胸前，做了個深呼吸。

「沒事吧？」

「目前還好。」

老實說，她對自己的身體還是感到不安。

在這處奇異的空間裡，緊張感也隨之高漲。而且從城外走了這麼一大段距離，還爬上長長的階梯。也許在某個契機下，胸中的那匹悍馬便會醒來。但說來也真不可思議，她一點都不覺得恐懼，現在她的呼吸也很平順。

「妳挺強的嘛。」

「才沒有呢。一花總是說我身體不好，要多小心。」

「我說的不是妳的身體，而是妳的心靈。」

虎斑貓做出令人難以捉摸的回答，視線望向城堡深處。

從外面看來，那像是一座粗獷的普通高塔，但裡頭有條出奇寬敞的通道一路向前延伸。天花板頗高，腳下鋪著寬敞的鮮紅地毯。左右兩旁有粗大的柱子一路相連，側廊多處都看得到石造的螺旋梯，每根柱子都有灰面士兵站在一旁。

調勻好呼吸的奈奈美，馬上朝塔內邁步走去。多虧有厚實的地毯，她幾乎沒發出腳步聲。無聲地走在同樣形狀的柱子與同樣長相的士兵中間，令她覺得自己就像闖進以前在繪本上看過的錯視畫世界一般。

不久，奈奈美和虎斑貓已來到厚重的木門前。

「來者何人？」

出聲者是站在門前的士兵。

灰面士兵維持姿勢不變，沒與人眼神對望，發出沒有高低起伏的聲音。

「前方是將軍大人的房間。有什麼事？」

「我們是來見那位將軍的。」

虎斑貓以力量渾厚的聲音應道。

虎斑貓這突如其來的回答，士兵並未馬上回應。他那張灰臉微微一動，以毫無感情的眼神望向虎斑貓和奈奈美。奈奈美不自主地為之全身緊繃，但隔了幾秒後，士兵馬上立正站好。

「將軍大人有訪客！」

士兵大聲叫喚，隔了一會兒，分散各地的士兵們紛紛依序複誦。

『將軍大人有訪客！』

『將軍大人有訪客！』

同樣的臺詞，以同樣的聲音和起伏，在城內形成回音，待逐漸遠去的聲音再也聽不到時，大門開始緩緩朝兩旁開啟。

「我們上。」

響起虎斑貓冷靜的低沉嗓音。

門後是縱深頗長的大廳，鮮紅色的地毯也一路通往那裡。天花板上奢華的枝形吊燈一路相連，盡頭處的牆壁垂掛著毫無設計感的灰色垂幕。垂幕下方的地面比周遭高出約三階的高度，上頭擺了一張鋪有鮮紅色天鵝絨的椅子，顯得威儀十足。

比起照得透亮的中央處地毯，兩側的牆邊顯得昏暗。奈奈美發現，在黑暗中，每隔幾公尺就有一名立正站好的士兵，她忍不住縮起脖子。

「這座大廳感覺真不舒服。」

「不用怕。我說過，真正有力量的人，不會隨便拿出武器向人誇耀。」

虎斑貓以冷靜的聲音說道，靜靜地向前邁步。

緊跟在牠後頭的奈奈美，望向地毯兩側等間距擺放的一整排白色方形物體。遠望看不出來，但那是擦拭晶亮的石造臺座。大小跟奈奈美平時在圖書館坐的桌子差不多，但沒有桌腳也沒抽屜，一個純白色的立方體。就像巨大的白色骰子，分別擺放在兩側。

奈奈美望向骰子上方，忍不住低語道：

「《海底兩萬里》……」

擺在臺座上的，確實是儒勒・凡爾納（Jules Gabriel Verne）的傑作沒錯。

「這邊則是《魔戒》第一集。這種擺法，就像國寶一樣。」

左右兩旁超過十個以上的石造臺座上，各自像這樣擺放某種書籍，頭頂上方的枝形吊燈照亮了它們。

「《杜立德醫生》……《金銀島》……《白鯨記》……」

「妳全都知道啊？」

「因為這全是曾經賜給我美好時光的書。就像我的朋友一樣。」

「原來如此，託了這些朋友的福。」

依序看下去，還有《達太安浪漫三部曲》和《田鼠阿佛》。每一本都是從圖書館裡消失的書。來到最靠近正面手扶椅的石造臺座後，奈奈美停下腳步。

晶亮的臺座上，擺了十本老舊的書。書背褪色，邊角磨損，是她看慣的全集。不用說也知道，是《亞森羅蘋全集》。

「這訪客來得也太突然了吧。」

頭上突然傳來一個聲音，奈奈美為之一驚，抬起頭。

臺上的扶手椅旁，不知何時站著一名體格結實的男子。此人身穿西裝，頭戴鴨舌帽。身旁帶著兩名衛兵，別著像在炫耀般閃亮亮的勳章。

鮮紅的地毯、寬敞的大廳、裝扮老派的衛兵，在這樣的風景中站著這名神情悠哉的西裝男。光這樣就已十分怪異，而男子摘下帽子後，更是令奈奈美全身發毛，縮起身子。

眼前是一張和士兵們一樣的灰色臉龐。不過，在那些宛如人偶般，沒半點特色的灰臉男當中，只有這個人有特色。他有大大的鷹鉤鼻，鼻子下方有青黑色的鬍子，外加灰色的犀利雙眼，展現出鮮明的存在感。

男子將鴨舌帽交給一旁的士兵保管，朝奈奈美投射出像在評分般的視線，徒有形式地行了個禮。

「歡迎來到『將軍之間』。」

「將軍之間？」

「對，『將軍之間』。」

他的聲音充滿威嚴。

「換句話說，你就是將軍？」

「當然。」

灰色的將軍大動作地敞開右臂。

「應該說歡迎吧。這裡很少有客人來訪。我先歡迎妳的到來。」

這處寬敞的空間就像音樂廳一樣，將軍渾厚的嗓音形成回響。他的態度雖然外表上顯得平靜有禮，但帶有強烈的壓迫感。將軍的視線移向奈奈美腳下，皺起一對濃眉。

「好久不見了。你也來啦。我以為你已經放棄了呢。」

奈奈美朝腳邊的夥伴看了一眼。

「原來你們認識啊？」

「很遺憾，我的確認識他。但我們不是朋友。」

虎斑貓態度冷淡地應道，回望祭壇上的將軍。

「將軍，我們是來要你歸還書的。」

「這句話我已經聽到膩了。我應該說過了，這可是為了人們好。但你始終從中阻撓。」

「這藉口也太離譜了吧。」

奈奈美小聲低語道。

「你擅自把書拿走，還說是為了人們好。羽村先生聽了，肯定會大發雷霆。」

「這位勇敢的少女啊。」

對於奈奈美的暗自抗議，將軍就像在訓斥般，出言制止。

「妳誤會了。我們確實拿走了書。但這是必然的結果。有這個必要，非這麼做不可，而且應該這麼做。」

「你的情況是怎樣我不懂，不過，要從圖書館帶走書，必須辦理借書手續。不管對方是國中生，還是將軍大人，沒跟櫃臺知會一聲就默默把書拿走，這樣違反規定了。」

這是理所當然的事。如果哈姆爺爺在場，肯定會就這件理所當然的事展開說明，同時加上滿滿的諷刺和挖苦。

將軍似乎頗為感佩，微微挑起單邊的眉毛。

「不光勇敢，還是位有知性的小姐。」

將軍一個轉身，緩緩坐向背後的扶手椅。這身穿灰西裝的灰臉男，在鋪有天鵝絨的豪華椅子上翹起二郎腿。手持舊式步槍的士兵站在他左右兩側，頭頂上的枝形吊燈照亮整個祭壇。

這一切都顯得很不協調，就像錯誤百出的合成照。

「妳現在或許還無法理解。不過，先別急著下結論。我們是為了你們好才展開行動。你們早晚會明白的。」

灰色將軍以滿是憂愁的眼神，仰望亮晃晃的枝形吊燈。

「燒書是很辛苦的事。妳應該也看到了。廣場上收集了我們每天從世界各地找來的書，士兵們努力地持續焚燒。光是將那些不斷送來的書化為煙塵，就已經是很辛苦的事了，但並非所有書都會乖乖化成灰。有力量的書會極力抵抗。」

將軍抬起右手，比向整個大廳。

「這些力量強大的書，會暫時先收集在這裡。必須得在這裡等它們力量變弱。

只要安放在這裡，慢慢從人們的記憶中消除，這些頑強的書就很難繼續抵抗下去。這裡就是為此而設的大廳。」

「我問你一個最基本的問題。」

奈奈美那充滿力量的聲音在大廳裡響起。

將軍緩緩放下剛才舉起的右手，朝奈奈美遞出。

「什麼問題？」

「你為什麼要燒書？」

「這問題很容易回答。」

將軍輕拈著鬍鬚。

「因為它很危險。」

這令人意外的回答，令奈奈美大為吃驚。

將軍緩緩站起身，踩著架勢十足的步伐，在祭壇上踱步。

「書真的很危險。尤其是自古流傳下來的書籍，跨越時代，許多人拿在手中看的書籍，可說是危險至極。」

「書很危險？」

「當然危險。當然了，也不是所有書都危險。有些書只是羅列一些很普遍的知識，沒多大害處，而對於那些提供當下的感動和娛樂的書所具有的實用性，我也不會去否定。不過，除此之外的書還很多。尤其是擺在這裡的這些書，非常危險。會把人導向錯誤的方向。」

奈奈美沉默不語，當然不是因為接受他的說法。

如果是對書的情感，她不只比一般人多出一倍，甚至多出兩倍、三倍之多。所以要是有反駁的漏洞，奈奈美就會毫不客氣地破門而入。但將軍的演說實在古怪至極，完全看不出漏洞。總結來說，根本就莫名其妙。

「世界正以驚人的速度在變化。」

走到祭壇左端的將軍，迅速向後轉，一邊回到中央的位置，一邊繼續演說。

「從舊書中能得到的東西，一樣也沒有。非但如此，上面寫的還全是錯誤的觀念。但至今仍有一部分人執著於遙遠的過去所寫的那些無聊的作品。妳看看擺在這裡的書籍。全都是被過去那醜陋的陋習束縛，冥頑不化，跟不上時代的作品，不是嗎？不能被這種東西束縛。我們人是更自由、更豐富多樣的存在。」

「就算是這樣……」

奈奈美開口了。她並非終於找到反駁的漏洞。就只是因為，現在不管朝哪兒下手都好，如果不敲打眼前的牆壁，這場演說恐怕會一直說個沒完。

「就算是這樣，也不該燒書吧？看不看書，不是由你來決定的。」

「胡言亂語。」

將軍朝她露出憐憫的眼神。

「舉例來說，你看這把毛瑟槍。」

將軍走向他身後的士兵，像在疼惜小動物般，輕撫著士兵手中散發光澤的槍管。

「毛瑟槍如果只是擺在那裡，乍看之下是無害又優美的裝飾品。可一旦拿在手裡，就能成為極具危險的物品。因為只要動一根食指，就能射殺眼前的任何人。書也一樣。隨便碰觸會有危險。而想要隨便碰觸的人還不少。所以我們才收集書本，努力想在這裡將它們燒成灰。」

從槍管上鬆手的將軍，神色從容地回身望向奈奈美。

「沒關係。這種難懂的事，不必太在意。」

他倨傲的態度與嚴厲的口吻一樣沒變，但聲音中帶有一絲柔和。原本採取防備態度的奈奈美，有種奇妙的感覺，彷彿突然被人輕輕捧了起來。

「妳什麼都不用擔心。一切都交給我們來處理吧。」

渾厚的聲音，就像要包覆一切般，在大廳裡形成回音。將軍悠然地敞開雙臂，就像要連同奈奈美的困惑整個抱起來一般。

一時間為之茫然的奈奈美，就像要甩除那纏向她全身的微溫空氣般，用力搖頭，回望對方，她猛然一驚，屏住呼吸。因為將軍的眼睛就像玻璃珠一樣，看起來顯得空洞。

——不太對勁……

思緒隨著這樣的直覺，幾欲飛往遠處，她強行一把抓住，拉回自己胸前。

『妳什麼都不用擔心』

『一切都交給我們來處理吧』

原本這些話應該會讓聽的人感到安心。但這時候總覺得不太對勁。

奈奈美悄悄伸手摸向脖子，明明天氣不熱，脖子卻已微微冒汗。而且是很不舒服的冷汗。

「看來，妳感覺得出這個男人有多可怕。」

腳邊的虎斑貓說。

牠低沉的聲音，令奈奈美平靜下來。

「不太對勁。雖然他顯得神色從容，充滿自信……但看了不舒服。」

「妳會有這種感覺，表示妳有堅強的心靈。我應該告訴過妳。在這裡，真實和心靈的力量代表了一切。」

「可是真實……」

「將軍的戰法很扭曲。他並非展現自己的真實，以此作為力量。他看起來像是侃侃而談，但其實什麼也沒說。他會從訪客那裡吸取真實，化作自己的力量。」

這句話真難懂。

虎斑貓以平淡的聲音接著道。

「並非每個人都像妳一樣擁有堅強的心靈。倒不如說，沒有堅強心靈的人來得更多。這些柔弱的人，面對充滿自信的態度，往往就會妥協。要自行判斷，自己行動，會伴隨著產生責任。既然這樣，索性不去思考，把一切都交給別人，這樣會輕鬆許多。人們就是這樣放棄了自己過去所累積的真實。」

「這就是你說被對方說的話吞噬的那些人？」

「正是。演說的內容根本不重要。放棄真實的人們，會放棄思考。然後沉浸在宛如孩子般的幻想中，認為這位充滿自信的偉大將軍會為他們解決一切問題。由父親開車，自己坐在後座，什麼事也不用擔心，悠哉地打盹，再也沒有比這樣的時光更舒服了。他們完全不去想，早晚有一天自己也非得手握方向盤不可。不管年紀再怎麼增長，還是跟小孩子一樣的大人相當多。」

明明氣喘沒發作，但奈奈美卻感到胸悶。

奈奈美不懂怎樣算是堅強的心靈。不過，她知道自己這很不牢靠的身體，只有她自己能守護。放棄思考，不就像是一直躺著，等候某個厲害的人物來發現她氣喘發作一樣嗎？如果真是這樣，那肯定很可怕。

「少女啊。」

突然傳來將軍響亮的聲音。

奈奈美抬起臉，發現將軍一樣敞開雙臂，昂然挺立於祭壇上。

「做出決定的時刻到了。快決定吧。不，妳沒必要做決定。只要放心地跟從我就對了。」

雖然聲音強勁有力，但是那雙玻璃眼無比空洞，一直注視著奈奈美。

飽滿的聲音、氣勢十足的手勢、溫柔的話語、含蓄的微笑……。

但背後什麼也沒有。

「你是什麼人？」

奈奈美這突如其來的詢問，幾乎是在無意識下脫口而出。因此聲音並不響亮，但還是輕柔地在這寬敞的「將軍之間」裡響起。

將軍眉毛輕挑。

「真教人驚訝。向我提出這個問題的客人，妳是第一個。」

「你給人的感覺很奇怪。」

將軍沒答話。

「一定有哪裡不對。」

「這話什麼意思？」

「我不知道。但感覺少了一個重要的東西……」

將軍微微偏著頭，以粗大的手指拈著鬍鬚。

「原來如此，或許是吧。不，可能就像妳說的。」

他如此低語後，冰冷的視線又移回奈奈美臉上。

「好吧。為了表示敬意，我給妳個提示。我是你們的『同行者』。」

這聲音陰沉地響起，在大廳裡傳了開來。

雖然聲音泰然自若，卻顯得空虛。

雖然有股令人喘不過氣的壓迫感，卻又像水一樣，無從捉摸。

將軍站在扶手椅旁，很刻意地從胸前取出懷錶。

「抱歉，時間到了。我得去收集下一本書了。這世上麻煩的書還很多。」

他接過一旁的士兵遞出的帽子，望向奈奈美。

「我已經不能和妳多說了。請回吧。當然了，記得和這裡的書做個道別。我會將那些老舊的好故事收進記憶的抽屜，順便牢牢上鎖。為了不再引導妳來到這樣的場所。」

他單手拿著帽子，很刻意地默默行了一禮。

這是要突然結束談話的暗示。

奈奈美站在原地不動，望著將軍帶領兩名衛兵離開祭壇。

「奈奈美……？」

奈奈美沒回答虎斑貓的叫喚，默默改變方向，走近一旁的石造臺座。

「複雜的事我不懂。不過，有件事我可以確定。」

她白皙的手伸向眼前的書籍。

「我無法忘記重要的書。」

在奈奈美的手即將碰觸書本的瞬間，響起一陣震耳欲聾的爆裂聲。尖銳的聲響令大廳的空氣為之震動，接著傳來將軍渾厚的聲音。

「不行哦。那是我的收藏品。」

仔細一看，剛要離去的將軍站在祭壇上回身而望，眼神冷若寒冰。兩名衛兵站在他兩側，槍口對準奈奈美。不僅如此，站在牆邊的士兵們也全都持槍瞄準這一人一貓。

奈奈美回瞪將軍，為之怯縮。感覺那宛如玻璃球般的冰冷雙眼後方，似乎可以看見某個無比黑暗之物。

「不用擔心。剛才是放空砲。但就像我剛才說的，這是危險的武器。接下來會怎樣我就不知道了。」

奈奈美感覺到自己冷汗直流，對腳邊的貓說：

「你不是說他們這是虛張聲勢嗎？」

「我更正。他確實變強大了。和以前不一樣。」

「不一樣？」

虎斑貓沒回答，緩緩向後退。

「我們回去吧，奈奈美。惹惱將軍非明智之舉……」

「你的意思是要夾著尾巴逃走？」

她那出奇有力的反駁，令虎斑貓露出不知如何是好的神情。

奈奈美仍回望祭壇上的將軍。在無數把步槍的包圍下，當然不可能無畏無懼。不過，有個東西在她心底冒泡。將軍說書會帶來危險，所以要加以燒毀。不懂他這句話的意思。但如果沒搞清楚就這樣夾著尾巴逃走，日後一定會後悔，奈奈美很清楚這點。

在踏進那藍白色的書架通道時，她就已拿定主意。今天是絕不放棄的日子。

正當奈奈美這麼想的時候。

突然四周開始被淡淡的光芒包覆。

她為之一驚，環視四周，發現擺在石造臺座上的好幾本書突然開始發光。柔光慢慢轉強，漸漸變得耀眼，逐漸盈滿「將軍之間」。

「怎麼了！」

將軍臉上首次出現困惑之色。而同一時間，持槍的士兵們也開始慌張地走來走去，模樣怪異。之前像機械一樣整齊劃一的動作，就像不曾存在過似地，現在無比慌亂，當中甚至有人突然跑了起來，撞向一旁的士兵。

《海底兩萬里》發出光芒。

《在輪下》也被光芒包覆。

《田鼠阿佛》和《好餓的毛毛蟲》也開始散發耀眼光輝。

「別慌。就只是書本引發喧鬧而已。」

將軍的大嗓門響遍四方，但士兵們的混亂依舊沒平息。他們那害怕的模樣近乎滑稽，甚至有人抱頭趴在地上。

至於奈奈美，就只是感到有點刺眼，倒是不覺得有什麼危險或不舒服。反而有一股溫暖的活力在她胸中擴散開來。

「我說……」

在光芒中，奈奈美悄聲說道。

「貓有多能跑啊？」

「妳這是什麼意思？」

虎斑貓露出狐疑的神情，接著馬上理解奈奈美的想法，翡翠色的眼睛圓睜。

四周的書本一樣光芒四射，士兵們有人抱住柱子，有人閉著眼睛發抖，各種情況都有。

「太危險了。那些毛瑟槍有多大的威力，連我也不清楚。」

「這麼說來，是要夾著尾巴逃嗎？」

「雖然不想承認，但也沒別的選擇了。」

虎斑貓說到這裡，似乎意識到什麼，抬頭望向奈奈美。

「話說回來，妳自己能跑嗎？」

「如果是一分鐘的話，沒問題。只要讓我做個暖身，我能再跑久一點。」

奈奈美極盡所能展現她的幽默，但虎斑貓當然是不露半點笑意。

看來，書本綻放光芒，並不會一直持續下去。有些書的光芒已經轉弱。一旦光芒消失，這場混亂也將會平息。

「雖然沒辦法全部帶走，但至少能帶一本回去。」

「竟然有妳這樣的少女……」

奈奈美以平靜的眼神望向傻愣的虎斑貓。

「我不是說過嗎。重要的書我不會忘的。」

奈奈美微微一笑。

虎斑貓一時啞口無言，但過了一會兒，牠深深吁了口氣。

「好吧。就在妳身上賭一把。」

牠的低沉嗓音成了暗號。

緊接著下個瞬間，奈奈美抽出《亞森羅蘋全集》中最外邊的《奇巖城》，輕盈地一個轉身。

這動作想必令人完全意想不到。

將軍發出不成言的驚呼。

就像要朝衝向出口的奈奈美追去般，他的聲音轉為破音的吶喊。

「別跑！」

在響起的沙啞聲中，書本的光芒就像要幫助奈奈美逃走般，全部亮度大增。他們在耀眼的光芒中飛奔而過，來到大廳外，聽聞有狀況發生的士兵們，開始往城堡大門的階梯上聚集。光芒照不到那裡。

虎斑貓迅速改變方向，衝進側廊，奈奈美也跟著牠跑。柱子後方有石造的螺旋階梯。她在虎斑貓的引導下衝進樓梯，一口氣衝上樓，已來到城牆上方。

應該說他們很幸運吧。城牆上的士兵們可能是都到下方集合了，眼前一整排灰色旗幟下空無一人。奈奈美和虎斑貓頭也不回地在強風颼颼的無人城牆上奔跑。

不知道已有幾年沒這樣全力奔跑了……

奈奈美的感慨，被突如其來的爆裂聲吹跑。圍在廣場祭壇四周的士兵們朝城牆上開槍。接連傳來槍響，奈奈美忍不住抱緊胸前的書。

「不可能全都是放空砲吧？」

「別想這個問題！」

可以看到城牆上有座小塔。就位在城門正上方。如果從塔內的石階往下走，會是來到城外的最短距離。

但抵達小塔時，奈奈美的喉嚨感覺不太對勁。

「我可能無法撐太久……」

「再一下子就好了。妳剛才的氣勢跑哪兒去了。」

「你別強人所難。我可是一直在苦撐呢。」

才剛走下樓梯，便感覺有士兵從底下走上來。整齊劃一的腳步聲傳來，像數著節拍一樣走著每一階。

奈奈美暗叫不妙，回到城牆上一看，剛才跑過來的路上，正有一隊士兵緊追而來。他們全都是同樣的臉，而且面色如土，毫無表情，從沒看過這麼詭異的景象。

「作戰失敗了……」

奈奈美暗自苦笑，同時配合著呼吸，喉嚨微微發出「嘶～嘶～」的聲音。士兵緊握掛上刺刀的步槍，排列整齊到近乎滑稽的隊伍步步近逼。

「會發生什麼事？」

「不知道。」

「會回不去嗎？」

「這我也不知道。」

虎斑貓微微搖頭。

牠翡翠色的貓眼望向逼近的士兵們。

「我該向妳道歉。我果然還是不該帶妳來。我太天真了。」

「像這種時候……」奈奈美極力調勻呼吸，跪向地面，手搭在虎斑貓頭上。「不該道歉，而是要道謝。因為我們是一起來。」

奈奈美擦拭額頭上的汗水，朝困惑不解的虎斑貓嫣然一笑。

「我很高興。」

就在她說這話的時候。

奈奈美背後階梯旁的一扇小門，無聲地開啟。同時傳來一個聲音。

「往這邊走！」

奈奈美回頭看了虎斑貓一眼。

「你的同伴嗎？」

「不知道。」

「真不可靠！」

隨著這簡短的對話，奈奈美和虎斑貓幾乎可說是抱著賭一把的心態，跳進小門內。一跳進後，門馬上關上。外頭的喧鬧和槍聲就像不曾存在過似地，瞬間消失。

奈奈美按著胸口，驚訝地環視四周。本以為這裡是個狹窄的石造房間，但出現眼前的竟是意想不到的景致。有一條被藍白色光芒包覆的筆直通道。兩側是擺滿了無數書籍的書架，一路相連。

是來的時候走過的那條神奇的書架通道。

「看來是趕上了。」

傳來一個溫和的聲音。

在奈奈美背後把門關上的人，在藍白色亮光中露臉。是一位戴著眼鏡，露出溫柔笑容的青年。

他個子並不高。但可能是因為動作從容，所以看起來格外高大，說來也真不可思議。看起來年紀大約二十五歲左右。正以他文靜、理智的雙眼回望奈奈美。

「奈奈美，」在一旁出聲叫喚的，是虎斑貓。「先服藥吧。」

因為牠冷靜的提醒，奈奈美這才回過神來。

她坐在地上，從口袋裡取出吸入器抵向嘴巴，好不容易吸了口藥，但馬上接連咳嗽，眼前一陣天旋地轉。

青年朝她身旁蹲下，輕撫奈奈美的背。

「先休息一會兒吧，能走嗎？」

「應該……沒問題。」

「妳不用勉強。不過，如果能動的話，還是走吧。離這裡遠一點比較好。」

雖然處在這樣的緊急狀況下，但青年既不慌張，也不催促，聲音顯得沉著。由於剛剛才聽過將軍那充滿壓迫感的聲音，現在感覺有股暖意滲入胸中。

青年拾起擺在地上的《奇巖城》。

「妳把它帶回來了，真不簡單。」

「你知道這本書？」

「當然，這可是名留青史的名作之一呢。」

在這簡短的話語中，夾帶著些許幽默。

青年把書歸還奈奈美，望向一旁的虎斑貓。

「好久不見了。」

面對他的問候，虎斑貓那雙翡翠色的貓眼就只是微微一亮，並未馬上回答。

牠朝青年回望了一會兒後，以沉著的聲音應道：

「好久不見了。從那之後過了幾年？」

「快十年了吧。」

「這麼久啦……難怪你長高了一些。」

在納悶地望著他們的奈奈美面前，青年笑著點了點頭。就連那隻態度冷淡的貓，似乎也面露微笑。

奈奈美忍不住在一旁插話。

「你們認識嗎？」

「沒錯。他算是老朋友了。」

虎斑貓回答。

接著牠一臉懷念地眯起眼睛。

「謝謝你趕來，第二代當家。」

青年這次用力地點頭。

第二章

受造者

「妳不要緊吧，奈奈美？」

一花走在長長的車站階梯上，轉頭望向奈奈美。

走得比她慢的奈奈美，喘了口氣才回答：

「我不要緊，因為我慢慢走。」

她手輕輕抵向胸前，不過目前還感覺不出危險的徵兆。

奈奈美做了個深呼吸後，又開始走上樓梯。

因為是星期天上午，所以人不多。不過，走在這陌生車站的樓梯，感覺比想像中還要長。因為一早就出奇地冷，所以她穿得很厚實，但現在額頭還是微微滲汗。除了超出平時的運動量外，可能也是因為緊張吧。

雖然身體狀況還不錯，但要是得意忘形，一路往上衝，肯定下場淒慘，此事不難預見，所以奈奈美放慢速度走。

「我可能是第一次走到這麼遠的地方。」

一花以平時的口吻朝一階一階往上走的奈奈美應道：

「妳平時都只在住家、學校、圖書館之間來回吧。」

「沒有爸爸陪同，由我自己搭電車，這可能也是第一次。」

一花露出微感驚訝的表情，但這種時候她不會說些沒必要的話來表示同情。

「因為以前我曾在電車上嚴重發作，救護車從車站將我載走，所以我爸不希望我自己一個人坐車。」

「這次妳爸就同意嗎？」

「我沒說要坐電車。我只說是要和一花出去玩。」

「喂喂喂……」

一花臉上冒出三條線。

「因為我要是實話實說，他一定不同意的。」

奈奈美輕笑幾聲。

就在這時，一旁有一群小學生模樣的孩童，精力充沛地衝上樓梯。這四、五名少年都兩階併作一階跑，迅如疾風地超越奈奈美。

「之前我有一天回家時晚了點，就被狠狠罵了一頓。」

「他應該是擔心妳吧。」

「這也是原因之一啦，不過，感覺他因為工作辛苦，看上去很是疲憊。最近他時常很晚才回到家。我甚至覺得，與其煩惱工作的事，他還不如多煩惱一下自己的身體。」

以前父親常帶奈奈美去圖書館，但現在那已成了遙遠的回憶。

「我家也是啊。我爸媽從早到晚都是工作、工作。孩子扔在一旁，兩個人為了工作奔波忙碌，卻還是一樣窮，要在世上生活還真是不容易啊。」

面對一花那莫名成熟的感慨，奈奈美忍不住苦笑。

「接下來妳自己一個人走，真的沒問題嗎？」

走完樓梯，來到車站出口時，一花一臉擔憂地等著她。

「沒問題的。一花，妳待會兒不是要參加弓道社的大賽嗎？妳陪我走到這兒就夠了。」

「說是大賽，但不過就是小小的地方比賽罷了。如果不是有比賽，我就能陪妳到最後了。」

「沒事的，妳幫了我很大的忙。」

「我再跟妳確認一次哦……」

一花重新握好手中的弓，回望奈奈美。

「妳非去那家『夏木書店』不可嗎？」

奈奈美靜靜地頷首。

「我也不是很清楚，不過，有許多事等著我去確認。」

雖然自己明白這是很含糊的回答，但她一時也想不出其他回答。

因為那件不可思議的事發生至今，也才過了一個禮拜。

那天，奈奈美穿過藍白色的亮光通道後，回到的不是她原本出發的圖書館，而是一處奈奈美沒看過的場所。

和圖書館一樣，通道兩側都擺了書架，但顯然景致不同。布滿兩側的大書架，不是粗獷的鋼製書架，而是使用多年的木頭書架，擦拭晶亮。天花板亮著幾盞傳統的吊燈，位於長長通道中央的書桌，擺著漂亮的陶瓷茶具組。

「這裡是夏木書店。」

帶路的青年接著說道。

「我叫夏木林太郎。」

奈奈美至今仍記得他報上姓名時，眼鏡底下那雙散發溫柔光芒的眼睛。

不過，除此之外，她的記憶已有些模糊，因為當時她的氣喘發作還沒完全平息。林太郎帶著仍舊呼吸急促的奈奈美坐向椅子，替她蓋上毛毯，以茶具組沖了杯紅茶。

喝了溫熱的紅茶，感覺呼吸平順些許時，奈奈美發現虎斑貓已消失無蹤，散發藍白色光芒的場所，也變成了平凡無奇的木板牆。

「我正準備關上店門時，裡頭的牆壁突然開始發出青光。」

林太郎替仍舊一臉茫然的奈奈美說明。

「因為已很久沒這樣了，所以我嚇了一跳，但我想，我非去一趟不可，就這樣衝了進去。結果發現你們在裡頭。」

這種事他講得雲淡風輕。

林太郎說的「很久沒這樣了」是什麼意思，但他並不想仔細說明。

「這事要說明並不簡單。就像有人要你對自己很珍惜的一本書，簡短地說明其內容一樣困難。」

「你這樣說的話，我明白。」

奈奈美雙手捧著茶杯，深表同意。

「因為要是有人要我說明對《吾劍，永別了[4]》這本書的感動，我也會不知道該怎麼表達。」

林太郎回以一笑。

擺在桌上的小臺鐘已過晚上七點。

明明發生了那麼多事，卻只過了這麼點時間，但這時候已不該是一名國二女生在外頭遊蕩的時間。而且夏木書店離奈奈美住的市街相當遠，所以林太郎開車送她回家。

這一連串的經過，宛如一場夢。因為發生了太多事，都快要令奈奈美眼花繚亂了，但最麻煩的事還在後頭。

父親早已板著臉孔在家中等候。原本奈奈美心中還微微抱持期待，心想爸爸可能還沒回到家，但這下期待全被吹跑了。

「都這麼晚了，妳跑哪兒去了。」

以嚴厲口吻逼問的父親會有這樣的心情，也是理所當然。平時頂多只會在學校、住家、圖書館之間來回的女兒，今天竟然都入夜了還沒回家。

但奈奈美當然不可能如實說出關於虎斑貓、城堡、灰衣男人的事。她先說是到一花家玩，給了個合理的說法，接著一再低頭道歉，這才化消父親的怒氣。

聽父親當面訓了將近一個小時，最後她腦中閃過一個和現場情況很不搭調的感慨，覺得他們父女倆已很久沒一起相處這麼長的時間了，可見他們父女倆平時相處的時間真的很少。就算父親偶爾提早回來，也只是看到他一臉疲態，幾乎不會和他好好談話。

最後終於擺脫父親的訓話，奈奈美安分地回到房間，但她腦中有一半在反省，另一半則是在想別的事。

一回到房間，她馬上從口袋裡取出一張便條紙。

『隨時都歡迎妳來』

離別時，林太郎對她這樣說，遞給她一張寫有地圖和地址的紙張。

虎斑貓、青年，以及不可思議的書店。

雖然挨父親罵，但她沒有不去的選擇。

4 出自於大仲馬的《達太安浪漫三部曲》最後一集。全書分為三個部份，〈布拉熱洛納子爵〉、〈露易絲·拉·瓦里埃爾〉、〈鐵面人〉。

連奈奈美都沒想到自己個性這麼大膽，對此頗感意外，但她還是決定找一花商量此事。

「到『夏木書店』的這條路，妳知道怎麼走吧？」

奈奈美因一花的聲音而回過神來。

雖說手上有林太郎給她的地圖，但獨自走在陌生的市街，這還是第一次。

她環視四周，看到公車站牌、計程車招呼站，再過去有許多商店。是很常見的車站前鬧街，但要邁步走進裡頭，對奈奈美來說有點冒險。

一花與奈奈美一同望著眼前來來往往的車輛，以若無其事的口吻問道：

「去到那家書店，就能遇見那隻會說話的貓嗎？」

奈奈美回望這位老友。

「一花，妳不相信對吧？」

「一般人哪會信啊。」

「說得也是。」

奈奈美苦笑。

「那麼，妳為什麼一路陪我走到這兒？」

這個嘛——一花思考片刻後，不帶半點笑意地回答道。

「因為我們是朋友啊。」

能毫無壓力地說出這樣的話，這就是一花。

如果日後有機會，奈奈美也希望自己能幫一花的忙，但是她自知能力有限。至少她不想對這位朋友說謊，所以一個禮拜前所遭遇的那件奇妙事件，她全都告訴了一花。

一花聽傻了眼，但一直到最後，她都沒大笑，或是打斷奈奈美的話。聽完後，她只問了一句話。

「那麼，我能做的是什麼？」

奈奈美當然早已決定好怎麼回答。

「坦白說，當時妳說要我陪妳一起出趟遠門時，我還以為妳要去接受腦部檢查呢。」

「我生氣了哦，一花。」

「開玩笑的啦。那妳路上小心，別太勉強哦。」

一花仍和平時沒什麼兩樣，拎起用黑布包好的弓。望著轉身離去的摯友，奈奈美忍不住叫住她。

「一花。」

「什麼事？」

「下次我請妳吃肉包。」

聽了這句話，一花眉毛輕挑。

「好。」

她以平時的口吻應聲，轉身走下樓梯。

目送她離去的背影，奈奈美也把地圖放回口袋，邁步走向陌生的市街。

穿過商店街，轉了兩個街角，不知不覺間來到幽靜的住宅街。

可能因為這一帶是丘陵地，緩升坡的兩側全是老舊磚瓦屋頂的兩層樓建築，屋簷相連。路旁停著自小客車，幾乎都快滿到車道上了，還疊放著孩童用的腳踏車，甚至很突兀地擺著自動販賣機，奈奈美按照自己的步調，緩緩走在其中。可能附近有小學吧。有幾名孩童和剛才在車站看到的差不多年紀，一隻手拿著足球，飛快地奔過。

不久，奈奈美來到一棟小小的兩層樓建築前，停下腳步。她從晶亮的格子門上找到寫有「夏木書店」的木牌。是一週前才造訪過的地方，但當時別說周遭的景致了，就連店面的外觀也沒空多看一眼。現在重新環視四周才發現，日照充足的門口擺放了花盆，紅豔的聖誕紅隨風搖曳。沒特別裝飾，很簡樸的店面，呈現出的氣氛不太像書店，反倒像是古董店，不過，與青年給人的柔和印象莫名契合，奈奈美並未感到驚訝。

她打開格子門往內窺望後，就像早料到她會來似地，傳來一個柔和的聲音。

「大老遠跑這麼一趟，辛苦妳了，小美。」

在店內狹長通道中央處，擺放收銀臺的桌子後方，林太郎就站在那兒。

「您好。」

奈奈美緊張地低頭行禮，重新環視店內。

店面並不寬敞，但縱深頗長。那宛如通道般狹長的店內兩側，擺設了厚實的書架，直抵天花板，裡頭擺滿了書。位於中央的桌子後方，有個通往二樓的階梯，林太郎似乎剛好從那裡下樓。

「妳後來身體好些了吧？」

林太郎關心的聲音格外溫暖，奈奈美急忙回答：

「我很好。抱歉，讓您擔心了。」

「說到擔心，我反而還比較擔心妳只憑那張手繪的地圖，是否能順利找到這兒，不過，跟我想的一樣，小美果然很可靠。」

「我好歹也是國中生了。你叫我『小美』，感覺不太自在。」

之所以會不知不覺間，毫不顧慮地說出這句話，應該是因為林太郎那柔和的氣質吧。林太郎微笑點了點頭，請她坐向一旁的椅子。

「那麼，我先請妳喝杯紅茶吧，奈奈美。」

林太郎的態度很自然，就像在迎接常在店裡出入的常客。奈奈美開始覺得，在這種地方發生不可思議的事，或是有特別的邂逅，彷彿都是很自然的事。

「我才在想，妳也差不多該來了。」

林太郎朝茶壺裡注入沸騰的熱水，如此說道。

「你知道？」

「也不算知道啦……」

林太郎微微偏著頭。

「也不知為什麼，就是有這種感覺。」

奈奈美心想，他真是個不可思議的人。

很難想像他驚訝慌張的模樣。話說回來，奈奈美對林太郎而言，應該是一位很奇妙的訪客。因為她第一次到店裡來時，不是來自店門，而是來自通道盡頭處的牆壁。當然了，說到奇妙，突然前來解救的林太郎，對奈奈美來說也很奇妙，但這裡沒有急著想要問清來龍去脈的氣氛。林太郎始終都態度溫和地迎接她。

當林太郎以熟練的動作準備茶杯時，奈奈美的視線朝店內掃視。

托爾斯泰、赫塞、卡夫卡、尼采，店內擺放了這些威嚴十足的作家人名全集。杜斯妥也夫斯基光是擺在那裡，就顯得威風凜凜，而川端康成和夏目漱石的名字，因為寫的是漢字，給人一種親切感。當中也有奈奈美讀過的書，不過，在這深厚的文學世界裡，她只算是剛站向入口。

豪華布封面的《伊里亞德》、唐草圖案設計相當精美的《坎特伯里故事集》，光看那樣的裝幀就想拿在手裡。而恰佩克的《羅梭的萬能工人》和湯瑪斯・曼的《魔山》，是她深受書名吸引，一直打算日後要閱讀的作品。

看得出這裡的每一本書都很用心擺放。之前沒餘力細看，但現在光看就覺得情緒激昂，她很陶醉地仰望這些書架。

「這間書店真漂亮。」

「這評論可真有趣。常有人說這家店古老，或是罕見，這還是第一次有人說它漂亮呢。」

「我覺得很漂亮。」

「有感興趣的書，可以帶回去沒關係。」

林太郎端起茶壺，朝兩個杯子倒茶，飄來一陣微帶甘甜的清爽香氣。

「不過，這裡不是圖書館吧？」

「沒關係。妳看完後再還回來，就跟原來一樣了。因為我這裡是舊書店。」

這很不像書店老闆會說的話，令奈奈美忍不住笑了。

「林太郎先生，感覺你好像什麼都知道呢。」

「為什麼這樣說？」

「因為明明發生了很奇怪的事，你卻什麼也沒問，像是全都知道一樣。」

「倒也不是。我只是稍微比妳有經驗，算是妳的前輩。」

除了前輩這個常聽到的名稱外，林太郎沒有要多加補充的意思。

如果硬是說一大串話，未必就能清楚傳達給對方明白。有時反而因為心急，而離答案愈來愈遠。長長的階梯也是，如果急著往上衝，會因為氣喘發作而無法動彈。要是一步一步慢慢走，總有一天會抵達出口，奈奈美很了解這個道理。

「我可能是一直在等候吧。」

林太郎突然說了這句話。

他以熟練的動作，將倒好紅茶的茶杯擱在奈奈美面前後，自己也拿起茶杯，背部倚向書架。

「感覺冰冷空虛之物，正慢慢在這世上擴散開來。我無法說明自己為什麼會這麼想，但這並非我自己多心。」

「冰冷空虛之物？」

「我也不知道該怎麼說比較好，只能用這樣來形容。那空虛之物，正開始慢慢破壞人心。」

「你是說那些灰衣男人？」

奈奈美反射性地應道。

穿西裝的灰臉男浮現她腦中。毫無血色的臉龐，冰冷的雙眼散發精光，一身西裝打扮的將軍。還有站著圍繞在他身邊，臉龐同樣顏色的士兵們。

林太郎沉默不語，回望奈奈美，緩緩接著往下說。

「有些事，妳一定比我更清楚，更了解。」

接著他視線落向自己的茶杯。

「人們不見得會隨著年紀增長而視野變得開闊。重要的事物，明明非得用心去看才行，但心眼卻轉眼變得模糊不明。就像小時候很珍惜的書，會隨著時間流逝而慢慢遺忘一樣，在不知不覺中，重要的事物逐漸失去，卻還以為自己變得輕鬆沒有負擔了。」

「林太郎先生，你也是這樣嗎？」

「我自以為很小心提防，但還是無法完全照自己的意思走。尤其是從事這樣的工作。覺得暢銷書才是名作，會賺錢才算是獨當一面……。不知不覺間，我已被那些奇怪的道理拖著走。」

他柔和的微笑中，增添了成年人的苦悶。不知為何，一時間他的側臉與奈奈美的父親重疊。

「不過，這時候妳來了。」

林太郎的視線從茶杯移向奈奈美。

「我？」

「說一直在等候或許誇張了點。但確實是在等候像妳這樣的人到來。」

林太郎將茶杯擱向桌子，轉身望向背後。

「對吧？夥伴。」

奈奈美倒抽一口氣。

剛才盡頭處是木板牆的店內深處，此刻被藍光包覆。一隻態度高傲的虎斑貓就蹲坐在那兒，背對著藍光。

蹲坐在藍白色光芒中的貓，確實就是一星期前遇見的那隻貓。高高豎起，呈等邊三角形的耳朵、翡翠色的眼瞳、橫向伸展的銀色貓鬚，都和記憶裡的一樣。

「能再次見到妳，深感榮幸，奈奈美。」

那低沉的嗓音聽在奈奈美耳裡，也覺得很熟悉。

她忍不住想要站起身，但虎斑貓搖頭制止了她。

「不用這麼客氣。坐吧。當然了，現在也不是要全力快跑的時候。」

奈奈美以放心的笑容迎接從光芒中走出的虎斑貓。

「太好了。我還以為之前全是一場夢，再也見不到你了呢。」

「我很遺憾，那不是夢。而且這不是值得高興的事，令人遺憾。」

虎斑貓重重嘆了口氣。

「不過，我得先跟妳道歉。讓妳遭遇那樣的危險。請見諒。」

奈奈美馬上搖頭。

「是我自己拜託你帶我去的。」

說「拜託」聽起來好聽，但其實是一把抓住虎斑貓的後頸，向牠威脅道「我會一直這樣拎著你哦」。牠沒出言埋怨，已經很謝天謝地了。

奈奈美趨身靠向來到她腳邊的虎斑貓，向牠問道：

「對了，剛才說一直在等候我的到來，這話什麼意思？」

「別急著聽結論。」

虎斑貓翡翠色的眼瞳為之一亮。

「我確實在等候擁有堅強心靈的人。因為要取回被奪走的書，需要這樣的力量。但我沒說那個人就是妳。」
「你那彆扭的個性還是老樣子沒變。」
林太郎在一旁插話。
虎斑貓馬上轉動牠伶俐的視線。
「第二代當家，不能隨便把這名少女捲進來。這次的對手是另一個世界的人。而且有無比強大的力量。無法預料會發生什麼事。」
「話雖如此，難道你打算眼睜睜看著書一本一本消失嗎？」
面對這犀利的指責，虎斑貓的目光變得益發銳利。
「我話先說在前頭。這少女的心靈確實很堅強。但如果光只有堅強，那太危險了。她強行從那座迷宮中奪書逃了回來，這種行為只能說是魯莽。」
「可是，也因為這樣而拿回了一本書。之前連一本也拿不回來，不是嗎？」
林太郎這番話，令虎斑貓啞口無言。
「有些事不是道理說得通的。奈奈美可能是很明白這點吧。有些對手，就得要採取這種手段來對付。」
貓與青年靜靜地對峙。

虎斑貓投以嚴峻的目光，但沒再頑固地出言駁斥。相對於此，青年雖然毫不客氣地發表評論，卻依舊雙眼直視虎斑貓。

「我認為她不光只是勇敢。」

「說得是啊。一位勇敢、聰明，又有膽識的少女。真想讓十年前那位沒朝氣，個性又陰沉的高中生也瞧瞧。」

「關於這點，我無從反駁。」

林太郎那夾帶苦笑的回答，虎斑貓冷哼一聲，一笑置之。

他們這番對話，奈奈美當然不懂。但兩人的對話雖然帶有一觸即發的緊張感，卻還是飄散著一股溫暖的氣氛，似乎是源自於彼此無可撼動的信賴感。這樣的兩人，一臉認真地討論著她的事，這是令奈奈美莫名感到不自在的一次經驗。

奈奈美不發一語地觀察他們的模樣，她喝了一口紅茶，雙手捧著溫暖的茶杯，望向虎斑貓。

「可是，你又跑來見我了。這就表示有什麼是我能做的吧？」

「妳可真不簡單。」

虎斑貓略感吃驚地說道。

「明明遭遇了那麼可怕的事，妳卻還期待有續集啊？」

「我的個性，一旦開始看某個故事，就一定會看到最後。不管是恐怖的故事，還是艱澀難懂的故事，要是不看到最後，就不知道它到底在寫些什麼。更重要的是，要是放著不管，會有更多的書被拿走吧？」

「那位灰色將軍是有這個打算。將軍自己也曾斷言，說有必要那麼做。」

「不光這樣。那座城堡裡另外還有許多書留在那裡吧？」

「妳真的想將剩下的書也帶回來嗎？」

「我已做好這樣的心理準備。」

奈奈美拿起掛在肩上的大包包。從裡頭取出一本書。那本老舊的書，是那天她取回的《奇巖城》。

虎斑貓一直注視著那本舊書，沒答話。

再次拿起茶杯的林太郎也維持這個動作，望著書，一句話也沒說。

虎斑貓又沉默了半晌，接著才開口。

「為什麼妳這麼勇敢？」

這次改換奈奈美沉思了。

「妳可以從夏木書店借自己喜歡的書，盡情沉浸在閱讀中，把其他事全忘了。當然了，沒人會責怪妳，也不用聽將軍大人那讓人覺得很不舒服的演說。」

「也不用再被手持毛瑟槍，氣色很差的男人們追著跑？」

「沒錯。」

「可是不行耶。我還是非去不可。」

她堅定的口吻，令虎斑貓瞇起眼睛。

「為什麼？」

「我也不知道該怎麼說才好。」

奈奈美苦笑。

「雖然不知道該怎麼說，但我覺得，要是裝沒看到，我以後一定會後悔。因為過去我放棄過許多事，所以最重要的事物，我絕不退讓。」

「最重要的事物？」

奈奈美用力點頭，手輕輕放在一旁的《奇巖城》上。

這是她自己一個人在家時，常一再反覆閱讀的書。連手摸的觸感也都記得。對奈奈美來說，那不光只是一疊紙，更是她孤獨的時候，默默支持她的重要友人。

「我不是說過嗎。重要的書，我不會忘的。」

書店深處的書本通道散發的藍白色光芒突然增強。連店內都變得明亮，奈奈美也不禁因它的刺眼而瞇起眼睛。

背對著光芒的虎斑貓，就只浮現出黑色的輪廓。

「看來，我應該借助妳的力量。」

虎斑貓低沉的嗓音響起。在輕柔搖曳的亮光中，牠美麗的銀色貓鬚像寶石般閃閃生輝。

「妳要一起來嗎？」

「當然。」

「妳這是小蝦米對上大鯨魚。我能說的話還是一樣。前方會有危險。」

「我的答案也還是一樣。沒問題。」

「回得好。唯一美中不足的，是說這話沒有根據。」

「這也不是什麼問題。『雖然沒有根據，但希望會重新燃起。希望就是這樣。』」

虎斑貓的翡翠色眼睛微微睜大。

在奈奈美身旁默默望著他們的林太郎，開心地笑了。

「《湯姆歷險記》是吧。很棒的臺詞。」

「確實是句好臺詞。但那並非一部天真無邪的作品。其實充滿了哀傷。」

「不過，」奈奈美馬上做出回應。「它也充滿了溫柔，幾乎和哀傷一樣多。」

「……原來如此。或許是吧。」

虎斑貓簡短地應道，接著轉頭望向林太郎。

「看來，你似乎是沒辦法一起去了，第二代當家。」

林太郎點頭，奈奈美見了，大吃一驚。

「你不能一起去？」

「妳看這條書的通道。」

奈奈美望向林太郎所指的前方，旋即也察覺。

散發藍白色光芒的書本通道，明顯比之前小上許多。路寬供一人通行沒問題，但高度只比奈奈美的身高高一些，成人要站著行走有困難。也就是說，它遠比林太郎的身高還低。

「書本的力量正不斷在減弱。要強行通過，或許也不是不行，但這麼做肯定不是好辦法。武力什麼也解決不了。只是看起來像解決了。」

林太郎微微前傾，背部從書架上離開坐起身，單膝跪向坐著的奈奈美面前。就成了林太郎抬頭仰望奈奈美的姿勢。

「不用擔心。有需要的話，我前往解救的道路自然會再度打開。」

「就像上次一樣？」

「沒錯。」

一定會的，奈奈美心想。

「千萬別忘了哦，奈奈美。在這條通道的另一頭，真實和心靈是最強大的力量。就算妳有氣喘也沒關係……」

林太郎朝虎斑貓瞥了一眼。

「就算同行的貓露出略嫌不悅的表情，也沒關係。」

奈奈美笑得全身晃動。

接著她將溫熱的紅茶一飲而盡，從椅子上站起身，朝虎斑貓走近。來到藍白色通道前回身而望，在電燈的柔光下，青年目送他們離去。

奈奈美深吸一口氣，以響亮的聲音說道：

「我走嘍。」

藍白色光芒突然增強，將奈奈美和虎斑貓包覆。

奈奈美至今仍隱約記得她第一次和父親一起去圖書館的那天。

當時她還沒上小學。父親下午提早結束工作，到幼兒園接奈奈美放學。原本就愛書的父親，每天晚餐後都會讀繪本給奈奈美聽，但某天他說要找新的書，便在幼兒園放學時帶奈奈美前往圖書館。

就像靜靜蟄伏在鎮上的那棟巨大建築，光是那粗獷的外觀，就令奈奈美為之震懾，但走進裡頭後，她無聲地瞪大眼睛。

挑高的天花板、寬廣的樓層、一排又一排的書架，以及填滿書架，數不清的書。還有那獨特的寂靜，伴隨撲鼻而來的舊紙氣味。

一切都是初次的體驗。

奈奈美因為有氣喘，連要在公園奔跑都辦不到，對她來說，光是圖書館的巨大就已經夠令她吃驚了，但她很快馬上知道，眼前的世界遠比她看到的還要遼闊。

《噗～噗～噗[5]》反覆看過很多遍，都已經全部會背了。小田鼠四處活躍的繪本《田鼠阿佛》，也很喜歡，明明是借來的書，但有一段時間卻都帶上床一起睡。睡前總會反覆看著這位田鼠詩人略顯靦腆的笑臉，百看不厭。而搭梯子爬上月亮的故事、聖誕老公公四處送禮物，感覺好冷的故事，以及「哪個孩子不睡覺」的恐怖句子，全都是奈奈美在圖書館看來的。

「又要去圖書館？」

每三天一次，奈奈美就會吵著要去圖書館，令父親受不了。但在開著來接她的車上，父親都會馬上從受不了的神情轉為苦笑，把車開向圖書館。

圖書館裡有位白鬍子老先生，總是板著臉孔迎接這位有氣喘的小讀者。

「妳打算把圖書館裡的書全部看完嗎？」

奈奈美每一本繪本都沒放過，圖書館員羽村老先生臉上不帶半點笑意地對她這樣說道。

5《噗～噗～噗》（もこもこもこ）：日本著名詩人谷川俊太郎的繪本作品。

起初奈奈美從這位老管理員的模樣聯想到藏身在古老城堡地牢裡的邪惡魔法師，總是害怕的躲在父親身後，但過沒多久，她發現這位魔法師的眼中帶有溫柔的光芒。每當假日奈奈美和父親在窗邊的座位看書時，這位白鬍子的魔法師就會緩緩走近，若無其事地將新書擺在桌邊。

她第一次遇見《快樂王子與其他故事》、《綠野仙蹤》，也是因為老圖書館員拿來的繪本。隨著奈奈美年紀漸長，他還推薦了《查理與巧克力工廠》和《冒險者2：決戰夢見島－拚三郎與十五個勇士朋友》。還為奈奈美帶來了《清秀佳人》、《福爾摩斯全集》。當然了，她邂逅《亞森羅蘋全集》，也是在這個時期。

小六時，她拿到大仲馬的《達太安浪漫三部曲》。對這部超過十集的大部頭作品深感著迷的奈奈美，最後連在夢中都會夢見那藍底白色十字的漂亮火槍隊旗幟，以及阿多斯和阿拉密斯的活躍表現。

只要像這樣去圖書館，奈奈美的世界就會無限拓展。不過，並不只是拓展。書還擁有拯救奈奈美脫離孤獨和寂寞的力量。

奈奈美沒有健康的身體，所以上小學後，一樣無法跟朋友一塊出遊。而父親也愈來愈忙碌，和她一起上圖書館的機會也愈來愈少。等著奈奈美的，就只有靜悄悄的屋子與漫長的孤獨。奈奈美默默克服了那段安靜又黑暗的時間。之所以能克服，全都多虧了書本。她不知道這樣的克服方式算不算正確。但可以確定的是，書本一直與奈奈美同在，教會她許多事。

從榮譽心過人的三劍客那裡學到什麼是不向逆境認輸的勇氣。

從地海的偉大巫師那裡學到清廉與忍耐。

從亞哈船長[6]和菲利斯・霍格[7]那裡學會不屈不撓的精神。

從名偵探和怪盜那裡學到體恤與幽默。

而從所有書本中學到，一定隨時都要連同氣喘藥一起，將希望放進包包裡。

因此，奈奈美在心中吶喊。

——這次換我來解救書本了。

這是奈奈美暗自下定的決心。

6 亞哈船長：出自《白鯨記》的捕鯨船船長，不斷的追尋白鯨摩比・迪克。

7 菲利斯・霍格：為《環遊世界八十天》的主角。

那座石造的城堡，屹立在藍白色光芒逐漸遠去的前方。
奈奈美抬手擺在額頭上，遠眺城堡。
之所以覺得有哪裡不太對勁，原來是因為城堡的模樣和之前略顯不同。
可能是她想多了，總覺得城牆又增高了一些。飄揚的旗幟數量也增加了，底下排列的灰面士兵也相當多。之前來的時候，城牆上只零星站著幾個人，但現在不僅人數增加，甚至還有巡邏的隊伍。這威儀十足的景象後方，矗立著好幾座尖塔。
「力量似乎又增強了。」
虎斑貓靜靜地說道。
「你說又……」
奈奈美手仍抵在額頭上，如此說道。
「意思是，你每次來，它都變得更大嗎？」
「沒錯。以前還沒這麼顯著。變化的速度比較緩慢。但最近明顯勢力增強了不少。」
虎斑貓語帶不悅地咕噥道。
「怎麼辦？我們之前被追著四處跑，而現在城堡的守備比之前更加嚴密，你打算怎麼潛入？」

「方法有二。看是從大門進去，還是飛越城牆。」

「你這樣根本就是什麼都沒想，只是換個說法而已。」

「因為情況很嚴重，所以這時候更顯幽默的重要。」

虎斑貓以嚴肅的口吻說完後，筆直地朝大門走去。

「那傢伙開始對妳感興趣了。不會在這裡就開槍。」

「要是他們開槍呢？」

「到時候……」

虎斑貓邊走邊抬頭仰望城牆。

「就和妳再試一次全力衝刺吧。」

果真如牠所言，士兵沒開槍。

站在吊橋兩側的灰面士兵，始終面無表情，和上次一樣朝他們敬禮。

「意思是要讓我們進去。」

「那最好。」

兩人展開這場沒意義的對話，就此穿過城門，發現裡頭的情況也有很大的改變。

以前塵埃飛揚，黃土裸露的通道，現在已整齊地鋪設石板，一隊灰面士兵快步從上面通過。每個人仍舊同樣是沒有特色的臉孔，沒半點表情。不過，走向城內深處的士兵們，手上什麼也沒拿，反之，從城內走出的士兵們，手中都抱著大木箱。好像正忙著將什麼運往城外，但他們沒有交談，只有忙碌進出的腳步聲，給人陰森之感。

不久，來到之前看過的廣場後，先前的熊熊烈焰已經不見了，只有滿是黑灰的祭壇和高高隆起的黑灰山，訴說著先前遺留的痕跡。

「好像已停止燒書了。」

「真是好消息。我原本還在想，要是還有人敢繼續做那樣的惡行，我就要從背後將他推入火中。」

「這也是幽默嗎？」

虎斑貓沒回答，目光望向通往城內的正面樓梯。因為抱著木箱的士兵們便是從那裡走出。

奈奈美和貓互望一眼後，橫越廣場，開始走上樓梯。這段時間，依序有士兵抱著木箱從裡頭走出。同時從城內深處傳來某個混濁沉重的聲響。

「之前沒聽到這種聲響呢。」
「是啊。像是某個大型機械運作的聲音。」
他們緩緩沿著石階往上走，那混濁的聲響逐漸變得清晰。果真如虎斑貓所言，那聲響聽起來就像城內有座大規模的機械工廠一般。走上樓梯最頂端往內望，發現紅色地毯前端的「將軍之間」的門，竟是毫無防備地敞開著，也沒看到站在門前的士兵。
奈奈美一度停下腳步，緩緩做著深呼吸，調整好她凌亂的呼吸後，筆直地走在地毯上。當她往「將軍之間」內窺望時，她忍不住嘀咕。
「這是怎麼回事？」
也難怪她會驚訝。大廳裡的氣氛完全變了個樣。原本在牆邊站成一排，威儀十足的士兵，現在一個也沒有，空空蕩蕩，不見人影。原本金光燦燃的枝形吊燈蠟燭，有一半以上都熄了，室內一片昏暗。地毯兩側排列的石造臺座上，一樣擺了書本，可先前將軍明明那麼執著，現在卻當它們是無用的長物般，隨便擱置，有的甚至還擺在地板上。像《金銀島》、《艾摩與小飛龍的奇遇記》，甚至是剩餘的《亞森羅蘋全集》，都像賣剩的舊書般，隨便亂扔。

「這就怪了。」

正當虎斑貓如此嘀咕時，突然有士兵抱著木箱從大廳深處走出。奈奈美不自主地擺出防備架勢，但士兵對她不感興趣，直接從她面前通過。

奈奈美望向大廳深處，微微蹙眉。

盡頭處的祭壇上，之前擺著那張豪華扶手椅的地方，多了一道之前沒有的門。門前站著衛兵。

抱著木箱的士兵們似乎是從那裡走出，那嘈雜的機械聲也是從門後傳來。

「似乎還有更深一層。」

虎斑貓像在試探般說道。

「只有前往一探究竟了。」

「書本就擺在這裡，機會難得。直接回收這些書，再迅速逃離這裡，也是一種選項。」

「真有這種選項嗎？」

奈奈美帶著別有含意的微笑問道，虎斑貓一時無法接話，接著嘆了口氣。

「妳可真有膽量。」

說完這句話後，虎斑貓向前邁步。

當虎斑貓和奈奈美走向前時，衛兵那沒有高低起伏的聲音馬上響起。

「來者何人？前方是宰相大人的房間。」

「我們是來見宰相的。」

虎貓斑從容地回答，士兵馬上雙腳併攏，立正站好。

「宰相大人有訪客！」

明明感覺沒人，卻馬上陸續從某處傳來複誦的聲音，門緩緩開啟。

門還沒完全敞開，震耳欲聾的噪音搶先衝出，奈奈美為之怯縮。隨著聲響流出的，是鐵和油的氣味。不久，眼前看到的景像，令奈奈美瞪大眼睛。

出現在那扇門後的，是幾乎毫無秩序可言，交疊擺放的無數鋼鐵機械。

中央雖然勉強鋪上紅色地毯，但沾滿油和黑灰，成了一條髒汙的通道。而就像居高臨下俯瞰似地，兩旁有滑輪轉動，齒輪相互嵌合，每次活塞只要上下活動，就會有蒸氣噴飛。

與其說是城堡，不如說是工廠。

灰色士兵們不發一語地在工廠內來回走動。仔細一看，有白色的紙張陸續在交錯的黑色鋼鐵間移動。每次一通過機械，紙張就會慢慢變成厚厚一疊，經過旋轉、裁切、擠壓，最後變成書本，從位於中間位置的輸送帶陸續吐出。灰色士兵們依序將書本塞進木箱往外運出。

泛黑的地毯前端，站著一位身穿豪華西裝的人物，就像在監督士兵們一樣。這個身穿灰色西裝，頭戴鴨舌帽的人影，以輕快的動作回身而望。

「咦，竟然有客人來，真是難得。」

面露開朗的笑容，如此說道的，是一位容貌柔和的青年。他灰色的臉龐、灰色的西裝，和將軍如出一轍，但那張沒半點血色的臉頰，浮現爽朗的笑意。

青年優雅地摘下帽子，深深行了一禮。

「歡迎來到『宰相之間』。」

那天真無邪的聲音，帶有一絲少年般的味道。與充滿威嚴的將軍相比，形成強烈對比。

「繼將軍之後，換宰相是吧。」

虎斑貓表情凝重地嘀咕道，難掩臉上的困惑之色。

望著他們的灰色宰相，始終和顏悅色。

「真的沒想到你們竟然又會再回來。之前應該已經嚐到恐怖的滋味才對，真是古怪啊。」

「你知道我們的事？」

聽到奈奈美這樣詢問，宰相覺得有趣，笑了起來。

「你們在城內鬧得天翻地覆，我怎麼可能會不知道。一隻貓和一位少女展開的大冒險，這故事很迷人呢。」

灰色宰相開心地說著，俐落地轉身，走向滿是黑灰的通道深處。在成群的機械中央，有一張光亮的黑色皮沙發，與現場氣氛顯得很不搭調。

宰相緩緩坐向沙發，翹起他細長的腿。

「上次光拿走一本還不滿足，今天是要把剩下的書也全部帶回去嗎？」

「這不是滿不滿足的問題。那原本就是圖書館的書。」

「這樣啊。那麼，你們這就馬上帶回去吧。不是全部都原封不動放在『將軍之間』嗎。這座大廳裡，沒有你們要的書。」

「你說我們可以自己帶走？」

虎斑貓充滿戒心地問道。

「之前你們不是很執著嗎？」

「執著的人是將軍，不是我。而且我判斷不需要這麼做了。相較之下，你們來到這裡反而才是大問題。只要你們一來，士兵們就會大為慌亂。他們不聽我的話，我也很傷腦筋。」

宰相語帶嘆息地聳了聳肩，迅速擺動著右手。

「啊，用不著擔心。我已經不想再去收集新的書了。你們看過廣場了吧。現在已經沒再燒書了。將軍的做法費時又耗力。我已完全改變做法。」

就像在附和宰相的說明般，一旁馬上噴出濃濃的蒸氣。

這突如其來的發展，虎斑貓和奈奈美一時反應不過來。而且，聽到宰相那爽朗的聲音，讓人覺得好像一切問題都解決了似的。

奈奈美很謹慎地開口問道：

「你說改變做法，是什麼意思？」

「我們的目的，是不讓人們靠近危險的書。為此，該怎麼做才好呢？將軍走遍世界各地找尋危險的書，將它們一一收集過來，但這麼做一點都不切實際。於是我心想，由我們自己來創造出大量的『新書』，這樣應該會更有效吧。這麼一來，人們慢慢就會忙著閱讀『新書』，而沒時間去接觸那些力量強大的書。我們最後將就此達到目的。」

宰相抬起他纖瘦的右臂，指向一旁的機械。

「這裡就是『新書』的製造工廠。」

再次像在附和宰相般，齒輪轉動，輸送帶顫動，活塞發出怪聲。

隨著那令人頭痛的聲響，有更多的書朝大廳中央吐出，而從輸送帶上滿出的書本，猛然散落在通道上。灰色士兵們默默的將書本收集起來，裝進木箱裡，開始往外運。

奈奈美撿起滾向她腳邊的書本，打開來看，皺起眉頭。

「完全空白？」

就像她說的，書裡的內容一片空白。這不過只是什麼都沒寫的一疊白紙。

「這就是『新書』？」

「沒錯。」

「可上面什麼都沒寫……」

「什麼都沒寫？是啊。因為不管是什麼內容都不重要。」

奈奈美大吃一驚，說不出話來。

「眼下重要的是量，而不是質。要以數量龐大的新書來包圍人們的世界。這麼一來，人們就不會刻意去看那些古老又危險的書。不是有句話叫『藏木於林』嗎。要藏書的話，就應該藏在書本中，這是最好的做法。」

奈奈美懷疑對方是不是在開玩笑，但灰色宰相就像是一名想出好點子的少年，講得眉飛色舞。

「啊，沒事的。如果是書本的內容，只要模仿現在人們寫的那些書就行了。簡單易懂又刺激，就只是一些偏激的資訊一再反覆呈現罷了，大部分讀者都看得很沉迷。人們只要追求眼前的刺激就行了。最後，人們將不會再靠近那些危險的書。妳就算把《亞森羅蘋全集》帶回去，也沒人會特地拿它來看吧。」

愉快的笑聲，在大廳中響起。

就像談到一半，覺得太好笑，再也按捺不住似地，他手抵著額頭，極力忍住笑。

這段時間，全是白紙的新書仍不斷從機械吐出。有時候吐書的速度比士兵運送還快，所以有些書就這樣散落在地板上。

奈奈美朝手邊的「新書」凝望了半晌。

奈奈美不清楚到底發生了何事。不過，宰相那開心的模樣，透露出些許的不自然。奈奈美就像要揪出他的真面目一樣，開口問道：

「你為什麼這麼害怕書本？」

面對這突如其來的詢問，宰相臉上掛著微笑，就此停止動作。

「我害怕？」

「你說，為了人們著想，書是危險的。但其實就我來看，真正怕書的人是你。」

宰相的表情沒變。

仍是滿面笑容。

「我什麼都不怕哦。我只是想清除對人有害的事物罷了。」

「說什麼書本有害，我從來沒聽說過。」

奈奈美冷靜地打斷他的話。

「以前我爸爸說過。書中有無限寬廣的世界。就算身體哪裡也去不了，書本一樣能帶你去各種地方。還能遇見即將被人們遺忘的古老智慧和重要的事物。」

坐在照得到陽光的靠窗座位，父親曾很平靜地對她這樣說道。

現在那是令她無比懷念的回憶。

「我爸爸還說，不光只有知識和智慧。如果接觸許多故事，就能明白各種人們心中的感受。這種力量叫作想像力，是很重要的……」

「想像力？」

宰相尖銳的聲音突然打斷了奈奈美的話。

奈奈美和虎斑貓都同時做好防備。

宰相就像接獲意外的訃聞般，雙目圓睜，趨身向前。

「說這什麼話！這正是最大的危害啊。」

「想像力是危害？」

「沒錯。看來妳什麼都不懂。妳是否真的想過，所謂的想像力究竟是什麼？」

宰相的口吻就像一位在責備壞學生的老師。而且是完全不期待學生的回答，個性急躁的老師。

「所謂的想像力，是一種對別人展開想像的能力。想像和自己不同的人所處的立場，體恤弱者，伸出援手的一種心靈。這正是『想像力』。」

「這樣會有什麼危險？」

對感到傻住的奈奈美，宰相露出憐憫的眼神。

「真可憐，妳已完全被書本危險的力量附身。」

宰相以如同在安撫行為偏差的學生般的口吻，接著往下說。

「現在這是個弱肉強食的世界。有力量的人，會將弱者一腳踹下，拿無能的人當墊腳石。是一個只有勝利者能好處全拿的時代。要是體恤他人，馬上就會給人趁虛而入的機會。換言之，想像力會破壞妳原本具有的豐富可能性，是一種可怕的力量啊，奈奈美。」

對方突然叫喚自己的名字，奈奈美背脊一寒，縮起脖子。

「你為什麼知道我的名字？」

「我當然知道。將軍沒跟妳說嗎？我們是『同行者』。」

宰相臉上依舊掛著笑意。

但奈奈美發現，從他的笑容中感受不到半點溫度。就像將軍那堂而皇之的演說，令人感覺無比空虛一樣。

一般人有辦法像這樣和人交談嗎？

奈奈美感到有道冷汗從背後滑落。

「我和人們一同走過很漫長的時間。看過數不清的贏家和輸家。然後我發現，共鳴和同情有多麼容易讓人類變得軟弱無力。只要看世上那些成功人士就可以明白。他們當中有誰擁有一丁點的想像力？他們擁有的，只有毫不留情地打倒別人的決斷力。他們才是從書本的力量中解放開來，獲得真正自由的人。」

宰相手肘撐在沙發的某一邊上，緩緩趨身向前。

「今後人們需要的不是想像力。而是不去想像的力量。」

雖然他的聲音不大，卻充滿了可怕的壓力。

就像表示贊同一樣，機械的動作突然加快，像發狂似地吐出「新書」，白紙在空中飛舞，猶如撒下祝賀的紙片。

「妳要小心哦，奈奈美。」

腳邊的虎斑貓厲聲警告。

「別被他的外表騙了。這傢伙說的話很厲害。」

「沒錯。」

奈奈美暗自伸舌潤了潤乾燥的雙唇。

「不過，他的話中有錯。」

「也不是全都有錯。可能當中包含了強大的真實。」

「儘管如此，還是覺得奇怪。就像全世界的人都在鬥爭一樣。明明也有很多人不是這樣啊……」

就像要把奈奈美的聲音壓垮般，機械響起刺耳的聲響。那是連腦中也會隨之震動，聽了很不舒服的聲音，讓人很想摀住耳朵。

「妳不懂的事還多著呢。」

宰相再次將身子靠向沙發，誇張地嘆了口氣。

「現今這個競爭的社會，最可怕的地方，並不在於不擇手段的激烈爭鬥不斷反覆上演。而在於連拒絕參與競爭的人，都會無條件地淪為失敗者，帶有這種驚人的『強制力』。」

「強制力？」

「選擇不與人競爭，並不表示會來到競爭的社會之外。在現今這個世界，外面的世界並不存在。若不與人競爭，只是無條件被加上失敗者的烙印。換句話說，為了贏得可以不用與人競爭的選項，就勢必得經歷一場血淋淋的競爭。這是很嚴重的矛盾。在這樣的世界裡，想像力有多危險，這樣妳稍微能明白了吧？」

灰色宰相突然露出像要妥協般的柔和微笑。

「不能把這件事想得太宏大。可以把它想成是更貼近我們周遭的事。妳真的沒注意到嗎？想像力只會從妳身上奪走競爭力。妳過去應該是都會考慮到別人，一直在壓抑自己。妳這樣真的幸福嗎？」

不知不覺間，宰相的口吻變成輕聲細語。

「壓抑？我……？」

這陌生的話語，突然在奈奈美的心中激起一股討厭的感覺。

「沒錯。妳都會在意周遭人，為了不給人添麻煩而默不作聲，委屈求全對吧？不過，在妳壓抑自己的這段時間，妳的人生漸漸被逼入社會的底層。就算妳為人著想，也沒人會來幫助妳。妳何不結束這種不自由的生存方式，更自由地過日子呢？妳大可活得更自由，更像妳自己。」

「活的更自由，更像我自己……」

奈奈美就像整個人被拉了過去一樣，複誦著宰相說的話。

這時，她覺得胸中有個黝黑之物緩緩抬頭。那黝黑之物慢慢膨脹，開始將奈奈美包覆。她大為吃驚，想用雙手將它揮開，可是卻沒有揮中的感覺，只有黑暗不斷擴張，有個短暫的瞬間，她看到虎斑貓的身影，同時微微傳來牠的聲音，但轉瞬間也消失在黑暗的另一頭。

待回過神來，奈奈美發現自己獨自站在黑暗的地平線上。

『這是沒辦法的事！』

突然遠處傳來一聲喝斥。

那熟悉的聲音，是爸爸。

『爸爸也很忙啊。我沒有時間一直陪妳去圖書館。』

不知不覺間，神情嚴峻的爸爸站在黑暗中。

『為了能安心地過日子，爸爸也得認真工作才行。要是完全順從妳的任性，我們連要糊口都有困難。』

當奈奈美茫然呆立原地時，遠處突然出現一名身穿白袍的醫生，朝爸爸走近。

『你這樣隨便叫救護車，我們也很困擾呢。』

那是某天半夜在急診室看到的畫面。

醫生朝奈奈美冷冷地瞥了一眼後說道：

『爸爸你的擔心我們懂，但她得稍微學會如何管理好自己的身體狀況才行。畢竟救護車不是計程車啊。』

說著說著，醫生的臉部輪廓變得模糊，接著換成神經質的小學老師。

『奈奈美，妳也不希望讓大家感到困擾吧？老師覺得妳不要去遠足比較好哦。』

老師臉上掛著僵硬的笑容，以像在細心解釋，卻又暗中施壓的口吻接著說。

『當然了，奈奈美的心情老師也懂。不過，在遠足途中要是妳身體不舒服，這樣會給大家添麻煩。妳沒必要勉強參加。』

並非只有遠足不能參加。

運動會也不行、游泳也不行。為了大家好，不能參加。為了大家著想……。

——為什麼只有我這樣？

背後突然傳來這句話。

奈奈美回身而望，但眼前什麼也沒有。

——為什麼只有我非放棄不可？

這不是別人說的話。是奈奈美自己的聲音。我從來沒這樣想過——正當她想這樣回答時，馬上又被自己的聲音蓋過。

——就忘了別人的事，更自由地做自己，不是很好嗎。

——就算妳壓抑自己，也只是當別人的墊腳石罷了。

奈奈美無聲地佇立原地。

在沒任何亮光的深邃黑暗中，奈奈美一動也不動地注視著傳來的每一句話。

『奈奈美，妳這一路走來好辛苦呢。』

傳來宰相溫柔的低語。

『不過，已經夠了。要是老想著人們的事，妳的人生會就此毀掉。妳可以活得更自由，活得更像妳自己。』

這話聽起來真舒服。

活得更自由，更像自己……。

在全身輕飄飄的感覺下，為了調整呼吸而吸氣時，胸中微微發出怪聲。宛如笛聲般細微尖銳的聲響。

儘管明白那是不好的徵兆，卻無能為力。再這樣下去會有危險的警告，與繼續維持這樣也無妨的舒服睏意，交錯在一起。

然而，這樣的均衡卻突然因手中產生的溫熱而崩解。她手指產生的溫熱，像滲進體內般，往手臂擴散，逐漸將胸中的黑暗反推回去。

她視線移往手指，發現那裡發出光芒。從那小小的光芒前方，突然傳來虎斑貓犀利的聲音。

「奈奈美！」

猛然回神的奈奈美，力量突然從全身洩去，當場腿軟跪地。

「奈奈美，妳不要緊吧？」

虎斑貓認真的臉龐出現在眼前。奈奈美呼吸凌亂，胸中發出那討厭的「咻～咻～」聲。

「原來是你在叫喚我……謝謝你。」

「用不著道謝。快用藥吧。」

奈奈美依言從口袋裡取出吸入劑，緩緩吸了一口。

齒輪仍舊在一旁吵鬧地轉個不停，到處都噴發出濃濃的蒸氣。在視野角落不時可看到「新書」飛向空中，然後散落地板上，發出聲響。

剛才站在闃靜無聲的黑暗中，彷彿不曾發生過似的。

「奈奈美，妳臉色很難看呢。」

「我……還好。」

「真沒說服力。妳和宰相一樣，都面色如土。」

「這話真傷人。聽別人說自己的臉色那麼難看，真的很受傷呢。的確，這麼不舒服的感覺很少有……」

奈奈美手抵在胸前，慢慢地反覆呼吸，如此應道。

「感覺……我剛才好像失去意識了。」

「似乎是。雖然只有很短暫的時間。」

奈奈美跪坐在地上，緩緩望向正面的沙發。

宰相和剛才一樣翹著二郎腿，一動也不動。

但他的模樣有點改變。爽朗的笑容消失，不帶情感的雙眼往下俯視。

「真令人吃驚，沒想到妳竟然回得來。大部分人明明都會聽從我的聲音啊。」

「宰相說的是事實。」

虎斑貓在奈奈美前方抖動全身。

「『活得更自由，更像自己』。雖然聽起來很美，但其實是很可怕的一句話。」

仔細一看，虎斑貓也因疲憊和緊張而神情緊繃。

「你一直在叫喚我對吧。」

奈奈美以顫抖的左手輕撫虎斑貓的頭。

經歷那場噩夢，理應只有很短的時間，但額頭上卻冒出許多小粒的汗珠，頭髮緊黏在上頭。奈奈美沒把汗拭除，而是伸出右手，將自己的包包拉近身邊。

「書保護了我。」

「書？」

她掀開包包的外緣，只見《奇巖城》發出柔和的光芒。在那凍人的黑暗中，賜予奈奈美一股暖意的，就是這本書。

「妳真的很強……」

「不是我。是書。」

「不，妳真的很強。」

雖然口吻有點粗魯，但聲音中帶有確切的體溫。這股暖意溫暖地包覆了全身發冷的奈奈美胸口。

「我們不能繼續待在這裡。我們的力量太薄弱了。」

「沒問題的。」

「奈奈美……」

「放心吧，我只是有點嚇一跳罷了。」

「嚇一跳？」

奈奈美朝一臉納悶的虎斑貓苦笑。在苦笑的同時，她發現自己眼角掛著淚珠。

「我好像在不知不覺中，對許多事都太壓抑了。本以為我已經用自己的方式克服了那些問題……所以我一時覺得是自己輸了。」

奈奈美悄悄拭去淚水，做了個深呼吸，挺起身。

看到了討厭的往事。這是確切的事。但同時她也發現，她聽到自己的聲音，但那並不是她的聲音。如果說，擁有能發現此事的力量就算強的話，虎斑貓說的或許也沒錯。

「就算能完全照自己的意思去做，也不算是什麼好事。要是恣意胡來，最後只會自作自受。這點道理我還懂。」

「會這麼想的人並不多。每個人都是若無其事地說謊、欺騙、傷害別人，拿別人當墊腳石。也許這世界正開始扭曲，已到如果不這麼做就無法活下去的地步。」

「所以才會有那麼多人聽從他說的話。」

奈奈美手抵向地板，緩緩站起身。儘管手上沾滿油汙和黑灰，也毫不在意。

宰相此時面無表情，不發一語地注視著奈奈美。

「活得像自己，這話聽起來真不錯。但如果要把人踹下，才能活得像自己，那就大錯特錯。」

當奈奈美筆直地站著回瞪宰相的眼睛時，那巨大的製書機械突然動作變慢了。活塞歪斜地顫動著，蒸氣減弱，原本順暢轉動的齒輪嘎吱作響。就連四處走動的士兵們也停在原地不動。

宰相收起臉上的表情，向她反問。

「妳這分確信是從何而來？」

「太複雜的事我不懂。但我就是知道。因為不管有多想做自己想要的事，但不借助別人的幫忙就做不到，這種情況我常遇到。」

「那可真是辛苦啊。不過，許多人並非如此。我很遺憾，妳躲不過為這些人當墊腳石的命運。」

「才不會呢。」

奈奈美的聲音很平靜。

但宰相就只是微微眉頭一斜。

「因為我有困難時，許多人都會幫助我。急診室的醫生，不管我什麼時候去，都會鼓勵我，跟我說別擔心，我搭電車時，也有一花陪著我。而我來這麼危險的城堡時，也有一隻很棒的貓與我同行。」

腳邊的虎斑貓微微動了一下，但奈奈美並未因此移開目光。

「以前我爸爸對我說過。妳並不是獨自一人活在這世上。所以妳有困難時，只要借助人們的力量就行了。妳向人借了多少恩情，記得日後在某個地方歸還，這樣就行了。」

父親一定是藉由這個方式，來鼓勵無法隨意行動的奈奈美。

自己向人借的恩情，真的有辦法歸還嗎，奈奈美自己也不知道。不過奈奈美知道要爬上長長的樓梯有多辛苦，所以與其把人踹落，她寧可當一個伸手拉對方一把，一起爬上樓梯的人。

不知不覺間，宰相的表情痛苦地扭曲。原本看起來很爽朗的這名男子，現在竟然會做出這等反應，這也完全出乎奈奈美預料之外。

「耐性都讓你們磨光了。」

宰相以恨得牙癢癢的表情咕噥道。

「我是擔心你們，才想開導你們。你們為什麼就是不懂呢。」

「你自己才是呢，為什麼這麼害怕書本？」

「害怕是吧……」

宰相痛苦的聲音逸洩而出。

真令人意外。因為宰相沒否定奈奈美的話。他灰色的臉頰變得僵硬，就像頭痛欲裂似地，以他纖瘦的手緊緊抓頭。

「有心靈的人全都死了。這種事我見多了。能存活下來的，往往只有那些沒有心靈的人。現在人的心靈不過只是書本中才看得到的古老傳說罷了。不，就連在書中也漸漸消失了身影。這樣很好。因為人們會因此而變強。」

宰相右手緊抓自己頭髮，不悅地猛搖頭。

「這明明是再明白不過的事啊，真教人火大。啊～渾身不舒服。」

宰相的左手粗魯地搔抓著頭髮，右手則是彈響手指。「宰相之間」的門馬上開啟，原本在大廳各處像人偶般呆立不動的士兵們，陸續往裡頭移動，在紅地毯兩側排隊站好。

「妳走吧。妳令我感到不悅。」

宰相對驚訝的奈奈美接連說道。

「別讓我再多說一次。在我失控前離開這裡，這樣對妳比較好。要是再繼續惹惱我的話，我會斷了妳回去的路。」

宰相抬手掩面，從指縫間露出斑斕精光的雙眼，瞪視著奈奈美。

與剛才不太一樣。

宰相背後確實感覺有某個東西緩緩動了起來。之前在「將軍之間」也有某個短暫瞬間感覺到的黝黑之物。奈奈美沒辦法出聲，也無法動作，就此被雙手抱頭的宰相背後湧現的那個黝黑之物吸引了目光。

「這下不妙。我們快走，奈奈美。」

虎斑貓尖銳的聲音，令奈奈美回過神來。但她仍無法從沙發移開目光。宰相像在打滾般，扭動著身軀。

「發生什麼事了？」

「那個男人體內有某個東西。也許那才是他的本體。不管怎樣，現在不是猶豫的時候了。」

「可是，他看起來很痛苦呢。要扔下他不管嗎？」

「真教人吃驚……」

宰相顫抖的聲音響起。

「妳都處在這種狀況下了，還在替我擔心？」

這時奈奈美之所以倒抽一口冷氣，是因為宰相有一邊的臉頰浮現詭異的冷笑。那是與宰相原本的笑容明顯截然不同，宛如凍結的微笑。

「有意思……真是個耐人尋味的女孩……」

他的聲調也和剛才不一樣。

「你是……誰？」

「好問題。」

冷若寒冰的微笑回答道。那不是青年的聲音，而是渾厚的成熟嗓音。

「我是『受造者』。你們人類一手打造的『受造者』……。真罕見，沒想到現在還有人擁有這樣的心靈……」

就在他說這話的時候，剛打開的「宰相之間」大門已開始緩緩關上。

「到底該讓妳走，還是該捉住妳呢……真為難啊……」

宰相的聲音就像在唱歌般。

虎斑貓聲音犀利地向奈奈美叫喚，接著一個轉身，已朝出口奔去。奈奈美也立刻隨後跟上。衝出「宰相之間」後，來到「將軍之間」。空無一人的大廳，奈奈美近乎本能地奔向一旁的石造臺座，將《亞森羅蘋全集》兜攏過來，扔進肩背包裡。一邊往裡扔，一邊轉頭看背後，在那扇逐漸關上的大門後方，可以望見那名坐在沙發上的灰色青年。感覺得到他頭上有某個來路不明的氣息向外擴散開來，但奈奈美什麼也沒想，便向外奔去。

奈奈美和虎斑貓靜靜地走在藍白色通道上。

之所以不發一語，與其說是因為平安歸來的安心感，倒不如說是因為剛才目睹的怪異景象，仍重重壓在心頭。

「就快到了。走得動嗎？」

虎斑貓突然詢問，奈奈美默默點了點頭。她肩上掛著一個大大鼓起的包包。

「書很重嗎？」

「我沒問題。雖然包包裡放了很多本書，但一點都不重。」

肩上斜背的包包裡，裝了包含《奇巖城》在內的十幾本書，但卻幾乎感覺不到重量。

「在這個地方，有臂力不代表就有多強。力量全是由心靈而生。」
「那個人也曾擁有堅強的心靈。」
「妳是說宰相嗎？」
「但他覺得很痛苦。看起來似乎很迷惘……」
「迷惘？」
「我也不是很清楚，不過，以前我在一本重要的書中看過。『不管是誰，只要不知道回去的路，早晚都會想當帝王』。將軍和宰相或許全都迷失了回去的路。」
奈奈美的低語，虎斑貓沒回答。
走了一會兒，虎斑貓以平時的平淡口吻說道。
「不管怎樣，妳平安回來了。坦白說，有某個瞬間我以為我們回不來了，但妳持續和對方展開對話，讓那個男人打開回來的門。這有很重大的意義。」
「你這是在誇我嗎？」
奈奈美以略顯疲憊的微笑回應。
「不過，我其實沒那麼了不起。那個人說的話，有一半我都無法理解。」
「這樣很好。」

虎斑貓沒放慢步調，如此應道。

「如果是用話語溝通，無法完全傳達給對方明白。說到底，對話能傳達的，不是話語的含意，而是想要傳達的想法。如果是用心靈來傳達的話，內容含意會隨後附上。然而，這麼理所當然的事，在現今的世界卻完全本末倒置。無心的冰冷話語，砌成沒有任何縫隙的磚牆，然後說這叫說話有邏輯，以為只要有邏輯就能清楚傳達。冰冷的邏輯，連一杯溫熱的紅茶都比不上。」

「真是不可思議的感覺。」

奈奈美這才仔細注視著走在前方的虎斑貓背影。

「你明明講的是很艱深的事，但感覺很清楚傳達了你的想法。」

「因為我是很認真地想要傳達給妳知道。千萬不要忘了。話語就像望遠鏡。想看的東西可以看得很清楚，但其他東西反而就看不見了。在這層含意下，灰色宰相可能是用巧妙的言語來吸引妳產生興趣，同時讓妳看不見那些不利於他的事物。但妳沒忘了望遠鏡外的世界。」

「剛才我也說過。我沒那麼了不起。因為我曾經給許多人添麻煩，所以那個人說的話我無法接受，如此而已。也許是我這個人比較彆扭。」

說著說著，包覆通道的藍白色光芒開始緩緩增強。

明明遭遇那麼可怕的事，但恐懼卻緩和許多。也許是虎斑貓處之泰然的聲音帶有這種效果。

奈奈美因感到刺眼而眯起眼睛，接著說道。

「要就此告別了對吧。」

「是啊。」

「下次預定什麼時候再見？」

面對她的提問，虎斑貓一時露出困惑不解之色，但唯獨語氣還是一樣平淡。

「真奇怪的提問。妳重要的《亞森羅蘋全集》拿回來了。而且宰相也說他不打算再帶走任何書。這樣還需要有下次嗎？」

「就連我也看得出來。根本什麼都還沒結束。」

虎斑貓停下腳步。

牠沒回頭。

「說得也是……」

在不斷增強的亮光中，虎斑貓緩緩轉過頭來。

「如果有妳在的話，或許勉強會有辦法。」

牠那翡翠色的雙眼綻放伶俐的精光。

「勉強？」

「確實什麼都還沒結束。得阻止灰衣男人才行。」

最後連聲音也像是被強光抹除般，逐漸遠去。

待回過神來，奈奈美已站在亮澤的木造通道上。兩側是一路相連的老舊木造書架，頭頂垂掛著鐵製吊燈。

林太郎靜靜坐在通道前的椅子上等候。

奈奈美第一次見識父親那麼可怕的震怒表情。

父親誠一郎在女兒奈奈美眼中，雖然有嚴厲的一面，但他不是一位個性急躁的人。基本上，他為人冷靜，頗有耐性。正因如此，才會過度投入工作，這是奈奈美以女兒的觀點所做的分析。

而誠一郎此時正大發雷霆。

並非因為奈奈美太晚回家。

奈奈美是在下午時回到家中。

但對誠一郎來說，問題不在於回家時間。可能是因為前些日子奈奈美很晚才回家，意外令他變得神經兮兮。本以為女兒都只會在住家、學校、圖書館這三個地方往返，但也許背地裡是偷偷地四處遊玩——就算父親會這麼想，也是無可厚非。

不管怎樣，一早出門的奈奈美遲遲沒回家，父親覺得擔心，因而打電話到一花家。結果對方告知，理應和奈奈美一起出門的一花，今天參加弓道社的大賽去了。

奈奈美去哪兒了呢？

她說和朋友一起出門，是騙人的嗎？

最近她有事瞞著，偷偷摸摸的模樣，到底是怎麼回事？

誠一郎眉間擠出深邃的皺紋，一直叨唸不停。奈奈美那天是獨自從夏木書店搭電車回來，但就連這樣的挑戰，也只是令父親的怒意倍增。

「奈奈美，妳做事要懂得分寸。妳的身體可不比常人啊。」

在算不上寬敞的廚房，迎面而坐的誠一郎那憤怒的聲音響起。

「妳要去圖書館沒關係。和朋友出去玩也行。但妳欺騙家長，自己一個人搭電車出遠門，這樣絕對不行。」

「對不起。」

奈奈美只能坦然道歉。

「爸爸有很多事要忙。別再讓我為妳操心。」

「我會注意的……」

看著餐桌回答的奈奈美，小小聲地接著說道。

「不過，你不稍微減少一些工作量嗎？」

「妳說什麼？」

父親以感到震驚的語氣反問。看到他出奇冰冷的眼神，奈奈美心頭一震。

「要在這社會生存，遠比妳想的還要困難。就算認真工作，生活也不會變得比較輕鬆。如果沒錢，連要讓妳升學都有困難。要是一個不小心，轉眼就會被踹落社會底層，現在就是這麼嚴酷的時代。」

有種不對勁的感覺在奈奈美心中蠢動。

誠一郎似乎沒注意到女兒的變化，仍繼續說。

「妳現在是國二。已不是整天跑圖書館看書的時候了。要多多放眼未來。日後出社會，妳得靠自己努力生存。沒人會幫妳的。」

原本是那麼喜歡書的父親，竟然會說出這種話，令奈奈美頗感意外。才剛這麼想，奈奈美突然意識到那不對勁的感覺是什麼。

她覺得父親的聲音有很多地方都跟灰色將軍和灰色宰相很類似。明明應該是完全不一樣才對，但父親說的話，聽起來卻像是與灰衣男人的聲音重疊。

——『會被踹落』『得努力生存』『沒人會幫妳』。

奈奈美心想，應該是累了的緣故，她微微抬起頭，結果全身汗毛直豎。父親的臉呈灰色。不應該會有這種事，但是那看起來就像沒有血色的灰色臉龐。

奈奈美胸中響起乾澀的一聲「咻～」

一口氣吸不上來。

「怎麼了，奈奈美？」

誠一郎一臉擔憂地望向她。

奈奈美無法正面回望那張臉。

「難道是氣喘發作？快點用吸入劑。」

在父親的催促下，奈奈美從口袋裡取出藥瓶，動作生硬地吸了一口。

「果然是因為太過勉強自己，造成身體的負擔。妳到底是跑到什麼地方，做什麼去了？」

奈奈美感覺父親的聲音無比遙遠，她悄悄抬手抵向後頸。發現自己冷汗直冒。

她微微移動視線，感覺在廚房的暗處看到灰色西裝。

『同行者』

『受造者』

不懂這話的含意。

但他們所說的，並非是遙遠的另一個世界的事。

灰衣男人不就近在身邊嗎。

想到這點，她感覺自己就像被什麼吸過去般，力量從全身洩去。意識逐漸遠去，就此趴在餐桌上。

第三章

增殖者

好久沒發燒而臥床不起了。

奈奈美躺在房間床上，注視著天花板，看到都膩了。從她自夏木書店搭電車返家的那天午後開始，一直躺到現在。

從那趟緊張刺激的旅程歸來，好不容易回到家中，也許是疲勞一次全部湧現吧。如果說是在遭父親狠狠訓斥時，緊張感就此洩去，這樣聽起來感覺有語病，不過，在訓話途中突然意識遠去，這也是事實。據父親所言，奈奈美是在他說話時，突然整個人趴向餐桌。

父親還說，當時雖然發了燒，但沒引發嚴重氣喘，所以沒叫救護車。不過也因此大為吃驚，似乎頓時怒氣全消，先將奈奈美移到床上休息。

奈奈美當時覺得昏昏沉沉，隱約有片段的記憶。儘管窗外天色轉為暗紅，太陽下山，光線昏暗，父親似乎還是一直陪在她身邊。

而等到她完全醒來時，已來到從窗簾的縫隙得以窺見明亮藍天的時間。

「妳果然是太勉強自己了。」

奈奈美醒來後，誠一郎就像整個人鬆了口氣般，對她嘆氣。

雖然誠一郎的表情依舊嚴峻，且整夜陪在一旁，顯得疲憊，但已看不到像昨天那樣的灰色臉龐。

「怎麼了，奈奈美。爸爸臉上沾了什麼嗎？」

奈奈美聽了這句話，急忙搖頭。

就像要逃離誠一郎懷疑的視線般，奈奈美鑽進被窩。沒錯，這是奈奈美熟悉的那位平時的父親。雖然有嚴厲的一面，做事一板一眼，但每當奈奈美身體不適時，總是打從心底替她擔心，陪在她身旁的父親。

但對於女兒的情況，誠一郎可能另有心思，他沉思了一會兒後開口說道：

「妳去了哪裡，做了什麼事，我不要求妳全部告訴我。妳現在這個年紀，可能也會有不能跟爸爸說的祕密。不過，千萬別造成身體的負擔。我想妳應該知道，妳的身體可不比一般人啊。」

奈奈美從毛毯裡露出眼睛，點了點頭。

「絕對要做到哦。」

奈奈美再次點頭。

在點頭的同時，她突然發現一件事。

望向時鐘，已將近中午時分，但誠一郎卻還穿著便服。平日中午看到沒繫領帶的父親，感覺很新鮮。

「不用上班嗎？」

「我怎麼能丟下妳一個人，自己出門呢。今天我請了一天假。」

「請假？」

「明天的事，之後再想。今天爸爸整天都會在家。」

「真的？」

奈奈美忍不住露出歡顏，誠一郎馬上瞪視著她。

「我得告訴妳，請假是很麻煩的。要做的事堆積如山。如果可以，我想明天下午就去上班，所以妳要早點恢復健康。」

奈奈美雖然小聲應好，可卻拉起毛毯遮住臉，因為她臉上還洋溢著笑意。

拿女兒沒轍，嘆了口氣的誠一郎，從椅子上站起身。

「爸，」奈奈美微微出聲叫喚。

「什麼事？」

「對不起。」

誠一郎因奈奈美這句話而微微皺眉，但他突然洩去肩膀緊繃的力氣，搖了搖頭。

「不……也許這樣剛好。」

他的聲音很柔和。

他搔著頭，瞇起眼睛望向從窗戶射進的陽光。

「我有點忙過頭了。原本只覺得，為了奈奈美，我要努力工作，但也許後來變了調。」

奈奈美仔細聆聽那意外的回答。

「就算是這樣，妳說謊外出的事，還是無法原諒。在妳身體狀況恢復之前，不准去圖書館。」

「是，」奈奈美恭順地回答後，馬上又接了一句。「我會乖乖待在家裡，那這樣我可以到爸爸的書房去嗎？」

「就算臥病在床，一樣想看書是嗎？」

「這樣不行嗎？」

「我沒說不行……」

「爸爸現在討厭書嗎？」

奈奈美不自主地說出這句話。她覺得自己已好久不曾和爸爸這麼親近了。

她從毛毯的邊角回望一臉納悶的父親。

「因為昨天你說，要是整天看書，以後會沒出息……」

「我說過這樣的話嗎？」

誠一郎一臉困惑地微微嘆了口氣。

「我也不知道該怎麼說才好……書房就隨便妳使用吧。」

「真的？」

「不過，我已經說過很多遍了，不能太勉強自己哦。要是又發燒的話，連看書我也會禁止。」

是。奈奈美盡可能露出認真的神情回答。

奈奈美感覺不出自己有什麼不適。不能去圖書館很遺憾，但請假沒去上學，能在家盡情看自己喜歡的書，這是很吸引人的環境。而且爸爸還說他會待在家裡。

奈奈美在被窩裡縮成一團。

就像是要緊緊摟住在她胸中擴散開來的那個溫暖之物般，蜷縮著身子，一動也不動。

父親的書房並不算大。

不過，這六張榻榻米大的小空間裡，四面牆都塞滿了書。角落裡擺放了一張小書桌和椅子，不過，父親幾乎都不在家中工作，所以這桌椅感覺可有可無。

下午時，奈奈美走進那間書房，坐在角落的椅子，望著眼前的書架。

書架裡果然全是父親的書，很多過於艱深，不適合奈奈美。因為父親在證券公司上班的緣故，經濟和政治相關的書便占去一個角落，不過，比重不算多，反而是與工作無關的文學、哲學、倫理學等各種領域的厚書擺滿了書架。

雖然望著那威嚴十足的書架，但奈奈美腦中的思緒已回到先前在那座城堡裡發生的奇妙遭遇了。

灰色宰相那怪異的模樣，緊緊黏附在她腦中揮之不去。他原本侃侃而談的態度，突然產生一百八十度大轉變，完全顯露出他的不耐煩，最後卻一臉痛苦的模樣，將奈奈美趕走。

不知不覺間，奈奈美的視線投向書架角落。奈奈美以前看過的繪本，全收納在那個書架上。最裡頭的角落擺了亞森羅蘋全集中的《奇巖城》。是在「宰相之間」解救奈奈美的那本書。

那天她從「將軍之間」將剩餘的九本書全帶回來，而一回到夏木書店後，書本便恢復原本的重量，重重地壓在奈奈美肩上。她決定暫時先寄放在夏木書店，不過唯獨這本《奇巖城》，她仍收在自己的包包裡。等日後康復了，再前往夏木書店，將這一整套書歸還圖書館。

但顯而易見的，問題並非就此解決。

「將軍之間」還留有好幾本書，而且肯定還有其他書被帶進城堡內。

不僅如此，虎斑貓也說過。

『得阻止灰衣男人才行。』

虎斑貓離去時，那出奇嬌小的背影，此刻浮現她腦中。

「『同行者』、『受造者』……」

這句話教人聽得一頭霧水。

她將這番話告訴了林太郎，但林太郎先是露出若有所思的表情，隨後只回了一句：「需要再多點時間。」

等身體恢復了，再請爸爸帶我去夏木書店吧。

這是奈奈美目前做出的結論。

如果是林太郎的話，或許會有什麼特別的想法。因為現在已不好意思再偷偷自己跑去，所以她打算下次拜託父親幫忙。問題是該如何向父親說明，不過看父親今天早上的樣子，感覺似乎說得通。能夠抱持這種積極的看法，也算是奈奈美的強項之一。

「等康復後，就去夏木書店。」

奈奈美刻意大聲地做出宣告。

既然該做的事已經決定，就能迅速做出切換。奈奈美環視書架，想著該看哪本書好。沒看過的厚書也不錯，拿久違的繪本來看也不錯。就算今天提早就寢，明天還是有很充裕的時間。而且到明天中午前，父親都會在家。

奈奈美兩頰放鬆，不自主地浮現笑意。

那天晚上，躺在床上的奈奈美突然醒來。

可能是上午一直都在睡，所以現在才沒熟睡。她朝時鐘看了一眼，正好是日期切換的午夜時分。

她心裡納悶，不知道是怎麼了，便從床上坐起身，因為她莫名感到心神不寧。

從窗簾的縫隙往外望，發現不知什麼時候開始下起了小雨。原本就已沁冷的暗夜，在雨滴和前方搖曳的柔弱路燈的燈光襯托下，更顯寒冷。

她走下床，想喝杯水，來到走廊時，奈奈美猛然停步。

房間前方有條通往一樓的樓梯，右側的房間是父親的寢室，而前方走廊的盡頭處是父親的書房。仔細一看，書房的房門微開，淡淡的亮光往外逸洩。

本以為是父親還醒著，但她馬上便發現不是這麼回事，因為那逸洩的亮光，不是電燈的白光。

奈奈美猛然一驚，躡腳走過走廊，輕輕推開書房的門。

果然不出所料。書房內布滿了眼熟的藍白色光芒。

整個書架都發出淡淡的亮光，柔和的光芒搖曳著，就像在邀奈奈美走近般。

「為什麼這裡會……」

她不自主地咕噥道。她走進亮光中，但看不到一路無限往前綿延的通道，只有四面的書架發出藍白色的光芒。當中光芒尤為耀眼的，是收納在角落的那本《奇巖城》。

正當奈奈美伸手碰觸那本舊書時。

「抱歉，這麼晚還打擾妳，奈奈美。」
一個熟悉的聲音在耳畔響起。
奈奈美驚訝地轉頭，看到虎斑貓出現在對面的書架下方。
現在的奈奈美，已不會因為虎斑貓的突然出現而吃驚。但她之所以沒為這場重逢由衷感到開心，是因為虎斑貓的模樣有明顯的不同。牠那等邊三角形的耳朵和翡翠色的眼瞳還是老樣子，但全身貓毛凌亂，呼吸急促，原本高傲的臉龐，如今顯得無比憔悴。
「怎麼了？」
「我害怕的事情發生了。灰衣男人準備採取最後手段。」
牠的聲音中帶有一絲緊張感。
奈奈美跪坐下來，碰觸虎斑貓的背。牠有部分的毛燒成焦黑。甚至還有燒傷痕跡。不用說也知道，事態非比尋常。
「發生什麼事了？」
「沒時間在這裡跟妳詳細說明了。請助我一臂之力。」
這還是牠第一次這麼坦率地尋求幫助。

「原本我是不該把妳捲進來的，但現在只有妳能阻止那個男人。」

「這什麼意思？你說的那個男人是將軍？還是宰相？」

「兩個都不是。不，也可以說兩個都是。灰衣男人擁有各種人的多樣想法。將軍和宰相不過只是灰衣男人的一種面相罷了。不管怎麼，對灰衣男人來說，妳的存在應該是完全出乎意料之外吧。灰衣男人急著想得到結論。」

虎斑貓用力搖著頭。

「我也不想把妳捲進來。但奈奈美，我們實在是無技可施啊。」

虎斑貓一時欲言又止，但牠旋即回望奈奈美，再次清楚地說道。

「請助我一臂之力。」

「當然沒問題。」

奈奈美馬上做出回覆。

而且聲音堅定有力。

那毫不遲疑的回答，令虎斑貓翡翠色的雙眼為之圓睜，仰望奈奈美。虎斑貓那明顯的態度，令奈奈美不太滿意地皺起眉頭。

「用不著那麼驚訝吧？」

「我不是驚訝。是覺得懷念。」

「懷念？」

「以前有位和妳一樣助我一臂之力的少年。本以為他是個柔弱又沒氣魄的少年，但他不顧危險，笑著為我貢獻力量，就是為了保護書本。妳明明和他是完全不同的個性，卻令我感到懷念，真是不可思議。」

虎斑貓晶亮的眼瞳望向奈奈美，感慨無限地說道。對這隻總是神色從容，不會說出感傷話語的貓來說，也許這樣的態度很難得。

虎斑貓的回憶，奈奈美當然是一無所悉。不過她大致猜得出來這名少年是誰。

「我一定不像那位少年聰明，況且身體又不好，但我自認這份心不會輸人。」

「別擔心。妳的那份心，在那座迷宮裡會成為最強大的武器。現在我明白，為什麼當初我會在圖書館遇見妳了。那並非偶然。妳有解救書本的力量，所以我才會被引導來到妳面前。」

「我打從一開始就知道，這絕非偶然。」

奈奈美莞爾一笑。

不管發生任何事都不為所動的翡翠眼瞳，此刻微微晃動。

不久，虎斑貓緩緩低下頭。

「謝謝妳。」

向來毒舌的虎斑貓，發出誠摯的聲音。

「那我們該怎麼做才好呢？這裡沒有通道。」

「有通道。」

虎斑貓以眼神指向自己身後。奈奈美一時不懂牠的意思，但隨即注意到了。

虎斑貓身後，已打開一條跟牠差不多高，小小的書本通道。看起來跟之前一樣，但尺寸明顯小上許多，就連個頭嬌小的奈奈美也無法通過。

「這麼小？」

「在這裡，這已是極限。書本的力量確實變弱了。」

「那該怎麼做……」

「圖書館。」

奈奈美瞪大眼睛。

「圖書館？」

「那裡還有很多書。如果是一開始走過的那條通道，現在應該還很寬敞。妳知道地點在哪兒吧？」

「我知道，可是你知道現在是幾點嗎？」

奈奈美看向牆上的掛鐘。不用說也知道，現在是深夜。

「要進入圖書館，得先經過玄關、櫃臺等各種場所。那裡可不是二十四小時營業啊。」

「這不成問題。入口有辦法通過。」

奈奈美為之一愣，虎斑貓靜靜回望她。

「只要妳去了就會知道。妳懷疑嗎？」

「如果是一個月前，我肯定會懷疑，不過……」

奈奈美搖頭。

「現在我一點都不懷疑。」

「那就好。時間寶貴。總之，妳快點趕到圖書館去吧。」

「我知道了。我一定會去，所以你不能自己獨自逞強哦。」

奈奈美用雙手夾住虎斑貓的臉。虎斑貓瞪大牠翡翠色的雙眼。

虎斑貓的模樣明顯與之前不一樣。牠全身被一股危險的空氣包覆，彷彿只要放著不去管牠，便會就此消失不見。牠的臉儘管被夾住，卻不抗拒。維持這樣的狀態回望奈奈美。

「你要等著我。」

虎斑貓在她手掌中微微頷首。

就在這時。

「奈奈美，有誰在那兒？」

走廊傳來誠一郎的聲音。

虎斑貓使了個眼色，迅速轉身。

「我等妳。妳是我們的唯一救星。」

在虎斑貓衝進那小小通道的同一時間，書房門開啟。

奈奈美站起身的同時，身穿睡衣的父親在門後露臉。

待回過神來，藍白色的光芒已消失。外頭路燈的亮光，從書架上的那扇小窗柔弱地照向書房。

「都這麼晚了，妳在這裡做什麼？」

誠一郎強忍呵欠，一臉不悅地環視書房內。

當然是和平時沒什麼兩樣的書房。

「而且還沒開燈，妳剛才跟誰在說話？」

誠一郎打開牆邊的開關，電燈就此亮起，奈奈美急忙瞇起眼睛。

「我知道妳喜歡書，但妳身體還沒恢復，卻還半夜起床，到底是在想什麼啊。」

「對不起。」

「而且還自己一個人在黑漆漆的書房裡吵鬧，這樣很不正常哦，奈奈美。」

父親那充滿不悅的聲音，令奈奈美全身為之一僵。

——說得也是，這樣確實很不正常。

奈奈美暗自在心中嘀咕。

她自己也明白這樣不正常。不，這一個禮拜，沒發生任何正常的事。會說話的貓、發出藍白色光芒的書本通道、灰衣男人……。不過，並非因為不正常，就可以覺得無所謂。

奈奈美在書房中緊抿雙脣，兩頰泛紅，靜靜注視著父親。誠一郎感到納悶。

「怎麼了，奈奈美？」

「爸，我要拜託你一件事。」

見女兒雙手緊握擺在胸前，誠一郎似乎也感覺到非比尋常。

「怎麼啦？一副心事重重的表情……」

「你可能會覺得我很亂來，但我想去圖書館。」

聽到這唐突的話語，誠一郎頓時目瞪口呆。可能是努力想要理解吧。他眼睛眨了兩、三下回答道：

「也對，很久沒去了，等妳身體好轉，我們再一起……」

「等我身體好轉就來不及了。」

「來不及？妳是指明天嗎？」

「不是明天。是現在。」

誠一郎聽了也為之無言。

「你或許會覺得我腦袋不正常，但這是很重要的事。我現在非得趕去圖書館一趟不可。」

「奈奈美……」

誠一郎一臉茫然地接著說。

「這不可能。妳到底在說些什麼啊？」

「我知道這很奇怪。」

「至少妳也說明一下是什麼情況吧。妳什麼也沒說，三更半夜地說要去圖書館……」

「我一定會說明情況的。可是，牠說現在已經沒時間了。就連現在在這裡慢慢談的時間也不能浪費……」

「別說傻話，奈奈美。」

誠一郎的聲音變得更加犀利。

睏意也已從他臉上消失。他眉間浮現深邃的皺紋，困惑與不耐煩不斷交替，令人眼花繚亂。

「最近妳老是做些奇怪的事。說謊、讓人操心，最後還三更半夜大聲吵鬧，讓爸爸傷透腦筋。當然了，爸爸自己也是太過忙碌。這點我對妳很抱歉。但就算這樣，有些事可以容忍，有些事不行。」

「我知道自己讓爸爸操心了……」

「既然妳知道……」

「因為有人叫我助牠一臂之力！」

奈奈美率直的聲音，響遍書房。

誠一郎驚訝地說不出話來。

奈奈美也知道自己說這些話很無厘頭。父親會生氣也是理所當然。不正常的人是她。

有氣喘毛病的女兒，突然很晚才回到家，接著又擅自出遠門，而這次又三更半夜自己一個人在說話……。

可是……

奈奈美腦中浮現剛才虎斑貓的身影。

那憔悴的神情、緊張的眼神、背部燒焦的毛……。不知道發生了什麼事。但肯定情況很嚴重。

「我有位重要的朋友，說牠在那裡等我。」

「朋友？」

「我自己也有許多事沒弄明白。但朋友向我求助，這是可以確定的事。爸爸你不也跟我說過嗎。要是遇到有人陷入困難，要當一個能伸出援手的大人。」

誠一郎不發一語地聆聽奈奈美努力所做的說明。

「你以前說過。我們人不是獨自活在這世上。在我們不注意的時候，有許多人在背後支持著我們。尤其身體虛弱的我，受過許多人的照顧，所以往後看到有人有困難，也要當一個能好好支持他們的人。」

說到最後，連奈奈美也不知道自己在說些什麼。

父親很久以前說過這樣的話。為什麼現在才又想起這些事，連奈奈美自己也搞不懂。

誠一郎表情凝重。不過，他雖然表情始終凝重，卻什麼也沒說。沉默了一會兒後，他再度仰望天花板，然後視線落向腳下，手抵向額頭，搖了搖頭。

「奈奈美。」

誠一郎就像極力擠出聲音般，開口說道。

「總之，妳在這裡別亂跑。」

「爸……」

「聽我的話，別亂跑就對了！」

誠一郎以近乎咆哮的口吻說道，走出書房。

奈奈美呆立在闃靜的書房裡。小窗外的雨勢轉強。圖書館離這裡並不遠，但是奈奈美要獨自溜出家中，走在這樣的雨中，並不是件簡單的事。而且還要躲過父親的監視……。

——妳是我們的唯一救星。

虎斑貓說完這句話後轉身離去的背影，深深烙印在奈奈美腦中。

奈奈美緊咬著嘴唇，不久，誠一郎回到她面前。

本以為父親是要帶她回房間，但抬頭一看，誠一郎披著外衣，他粗壯的左臂上掛著奈奈美那件黃綠色大衣。

「去圖書館對吧？」

那是硬擠出聲音般的口吻。

困惑不解的奈奈美眼中，看到誠一郎的右手中有個閃亮之物。是車鑰匙。

「妳身體真的不要緊嗎？」

父親那意想不到的態度，令奈奈美半晌說不出話來，只能點頭。

「時間很趕對吧。快去換衣服。」

「爸……？」

「因為外頭下雨，要帶大衣去。還有，別忘了氣喘藥。」

父親那張不悅的臉，之所以突然扭曲變形，是因為奈奈美眼中泛淚。

「真是的，怎麼會有妳這種女兒……」

父親一再搖頭。

「怎麼會有這種女兒……」

儘管嘴裡一再發著牢騷，但還是將手中的大衣披在奈奈美肩上。

在車內，父親什麼也沒說。

之前明明叫奈奈美要說明清楚，但在車子駛出後，卻只有沉默。

到圖書館的這段路程，開車花不到五分鐘。在下雨的深夜，路上沒其他車，也沒行人。當駛進圖書館冷清的停車場，再來到正面玄關那氣派的騎樓時，從圖書館入口一路通往內部深處的柔和亮光映入奈奈美眼中。

就像貫穿玄關那扇大玻璃門般，藍白色光芒的通道一路往深處延伸。那彷彿微微搖曳的通道，比之前在夏木書店看到的更窄，大小僅勉強能供奈奈美一人通行。

車子停下的同時，奈奈美迅速解開安全帶，穿上大衣。

「我似乎沒辦法和妳一起同行呢。」

坐在駕駛座的誠一郎說道。

奈奈美回頭看，父親臉上的嚴峻並未消失，不過，困惑、猶豫，以及其他各種情感，都在尚未理出頭緒的情況下顯現臉上。奈奈美不知道父親眼中看到的景物是否和她一樣。不過，父親一直注視著圖書館的入口，以平靜的口吻對她說道：

「一般的父母，不會在這種時間帶女兒到圖書館來，而我也不打算以笑臉對妳說一句『路上小心』，為妳送行……」

奈奈美無言以對。

但父親就像默默在找尋什麼似的，視線移向被雨淋溼的擋風玻璃，暗自低語。

「我們人不是獨自活在這世上。」

這是剛才奈奈美在書房裡說過的話。

「這是妳媽媽以前常說的話。」

「媽媽？」

「很懷念的一句話。我不知道妳為什麼會突然提到那件事，感覺就像妳媽突然對我說一樣。要我好好聽奈奈美的請託。」

奈奈美幾乎是屏息聆聽父親這不可思議的一番話。

「妳媽媽和妳一樣，身體不太好，但她個性很開朗。她常說，我們人不是獨自活在這世上，要相互支持，努力度過辛苦的每一天。難過的時候，只要借助人們的力量即可。而借來的東西，只要日後再歸還就行了。」

奈奈美第一次聽聞此事。

父親向來都不太想談到與早逝的母親有關的事。

「現在幾乎已沒人會說那種話了。大家都自顧不暇，最看重自己的事。雖然講得好像自己多了不起似的，但其實我也是這樣的人。妳每天都給了我許多重要的事物，但我卻完全忘了。」

車子停在大屋頂下方，不會淋到雨。可以望見水滴不斷沿著吊在屋頂邊的雨鏈落下。

「妳媽媽常說，這世界不斷在改變，但有些事不能改變。這些重要的事都仔細寫在書中，所以希望能讓妳看遍全世界的書。」

「全世界的書……」

「所以才替妳取名奈奈美。NANAMI，與『七海』同音，也就是世界的意思。」

奈奈美說不出話來。

她沒想到在這樣的時機下，會聽到這麼重要的事。

路肩的樹叢承受著雨滴，微微搖曳，宛如跳起了華爾滋。

「如果是妳媽媽的話，大概會毫不猶豫地帶妳來這裡吧。」

父親微微苦笑，望向女兒。

「等回去後，妳要好好向我說明情況。」

面對父親那語氣平靜的話語，奈奈美緩緩點頭。

「手帕和面紙帶了嗎？」

這與現場氣氛不搭的關心，奈奈美也微微點頭回應。

「藥帶了吧？」

奈奈美終於忍不住笑了。

「就像要去遠足似的。」

「如果是遠足的話，那可就輕鬆多了……」

誠一郎手搭在方向盤上，重重嘆了口氣。

「妳去吧。」

他的聲音微微發顫。

「盡可能早點回來。爸爸在這裡等妳。」

奈奈美再度重重點頭後，走出車外。

她來到圖書館入口處後，回身而望，只見父親也已走出駕駛座，站在轎車旁。

奈奈美雙手緊緊握拳，竭盡所能地大聲喊道：

「我很快就回來！」

不等父親回應，她轉身從發出光芒的通道上飛奔而過。

藍白色光芒的通道貫穿正面的玻璃門，就像很理所當然似的。

前方和奈奈美猜想的一樣。

穿過一樓的櫃臺，走上挑空大廳的樓梯，連接二樓，直接通往「法國文學」深處的書架。在那裡，她看到一個禮拜前和虎斑貓一起走過的那個大型書架通道。

奈奈美毫不遲疑，持續奔跑。

儘管跑得很賣力，氣喘卻沒發作，真不可思議。

通道被強光包覆，不久，當她覺得自己已穿越來到對面時，奈奈美前方擋著一道巨大的城牆。

與先前見過的城堡相比，規模截然不同。往左右兩旁延伸的城牆綿延不絕，看不到盡頭。城牆後方矗立著大小不一的好幾座尖塔，這模樣與其說是城堡，不如說是巨大的要塞。城牆上密密麻麻插滿了無數面旗子，隨風翻飛，旗子下是一整排黑壓壓的大砲。

但奈奈美之所以會倒抽一口氣，不是因為被城堡的威儀震懾。而是因為城堡各處皆竄起烈焰和黑煙。

城堡起火了。

四處升起濃濃黑煙，廣闊的天空被染成紅黑色的詭異顏色。不時會有暖風飄來，風中瀰漫著一股焦臭味。

奈奈美呆立原地，半晌說不出話來，望向前方的城堡。

木板橋上，虎斑貓背對著紅光，早已在那裡等候。

迎接奈奈美到來的虎斑貓，什麼也沒說，率先向前邁步。

走過木板橋進入城牆內，縱橫排列的石板開始分歧，結構宛如迷宮一般。虎斑貓毫不猶豫地一路前進。

不時傳來黑煙的臭味，熱風吹襲而過，傳來啪嚓啪嚓的爆裂聲，接著又逐漸遠去。一路上遇見排成隊伍的士兵時而往左，時而往右地快步奔過，但每個士兵都面無表情，所以他們現在究竟是慌張還是冷靜，難以分辨。

由於城牆高，看不見周遭的火焰，但雖然看不見，卻也清楚知道眼下的情況並不安全，也無法令人放心。被城牆包圍的狹窄天空，紅黑色愈來愈濃。

「發生什麼事了？」

奈奈美開口問。

「灰衣男人點燃了火，想燒毀整座城堡。」

這回答令人難以置信。

虎斑貓沒回頭，態度平淡地走在石板地上。

「他原本是想花更長的時間一一消除這世上的書。只要一點一點地偷走這世界上的書，就不會有太多人發現。這是最穩當、確實的做法。但情況改變了。因為妳的出現。」

虎斑貓往上走了幾階石階，從分歧的石板路中，選了中間的道路，繼續前行。

遙遠的前方送來一股夾帶熱氣的風。

「過去有許多人造訪這座城堡。而他們幾乎都被奪走心靈，選擇了那傢伙所說的『活得更自由、更像自己』的道路。」

「也就是忘了書……」

「沒錯。而且忘了書的人們，大部分在回到現實社會後，都相當的成功。捨棄書本，失去想像力的人們，以毫不留情的攻擊性當武器，展開欺騙、搾取、掠奪，在別人的屍體上高舉著『自由』的大旗。這一切都在灰衣男人的預料之中。但妳不一樣。」

沿著道路轉彎後，突然一股熱風襲向奈奈美的臉。

這處視野開闊的場所，是城堡前的廣場。一度被黑灰掩埋的祭壇，此刻再度被烈焰包覆。而且是邪氣濃重的熊熊烈焰。四周有灰臉的士兵，他們當中有的默默拿水桶運水過來，有的無意義地四處行走，有的就只是立正站好，注視著火焰。

虎斑貓就像要避開四處飛散的火粉般，一面迂迴前進，一面朝城堡正面的樓梯走近。

「可是，我做了什麼？就只是沒照他說的話去做而已……」

「妳的行動遠遠超乎那個男人的猜想。儘管有人拿槍對準妳，妳仍然不放棄書本。非但如此，甚至還拿著書逃離這裡。」

「這感覺不是什麼值得誇獎的事。」

「妳第二次來的時候，就算承受了那傢伙強力的話語攻勢，卻還是穩住陣腳。非但如此，還當面否定他說的話。那個男人遭受前所未有的震撼，信心為此大為動搖。在那座迷宮裡，只要信心動搖，存在的主軸也會隨之動搖。所以他才會顯得那麼慌亂和痛苦。而且……」

虎斑貓來到王城前的大石階下方，回頭望向奈奈美。

「妳甚至還關心那個痛苦的男人。」

虎斑貓轉過頭去，改為仰望階梯上方，開始一階一階往上走。那白牆建造而成的高聳城堡，因濃煙而顯得模糊，在烈焰的燒灼下，看起來泛著紅光，搖晃不定。

「要是依照那個男人所想的原理，妳應該會看準對方的弱點展開攻擊才對，但妳卻做出相反的行徑。這樣的意外舉動，改變了他的想法。他因而認為得加快腳步才行。」

走到階梯頂端時，虎斑貓緩緩轉頭望向身後。奈奈美也跟著回望，為之錯愕。

烈焰與濃煙團團包圍的這座城堡，無比寬廣。

現在就連他們是從哪裡走進的，都已分不清楚。

像迷宮般錯綜複雜的城牆，與大小不一的尖塔，一路往遙遠的彼方擴張。到處都冒出黑煙，竄出火舌，著火的旗子依舊隨風翻飛，而垂幕則在氣流的吹動下飛上高空。時不時會吹來令人皮膚發疼的熱風，將閃亮的火花及帶有焦臭味的黑灰送進城內。

「那座塔的各個地方，還留有被他們帶走的書。他原本說，要是把書本關在裡頭，它們早晚會失去力量，但他現在可能是沒時間等了。灰衣男人最後做出的結論，就是要把整座城都燒了。」

「得好好和他談談才行。」

「沒錯。」

視線望向城內，發現紅色地毯筆直地通往城內深處。到處都有燒焦的痕跡，應該是因為火粉吹進裡頭的緣故。而且這寬敞的通道上，散落著無數白色的書本。是宰相作的「新書」。似乎是搬運的過程中，隨手擱置。要是這種地方著火，肯定轉眼就會延燒至城內。

順著紅色地毯進入「將軍之間」後，赫然發現這空蕩蕩的大廳裡，比之前來的時候更顯荒廢。地毯破裂，傾斜的枝形吊燈結滿蜘蛛網，擺在石造臺座上的書本上面蒙了厚厚一層灰。明明只過沒幾天，卻感覺像已歷經數十年的歲月般。被人們遺忘，也許會比時間的流逝更加快荒廢的速度。

奈奈美和虎斑貓都沒因此停步。

他們穿過「將軍之間」，進入「宰相之間」，發現這裡也不見人影。不光這樣，原本強力運作的鋼鐵製書機，現在已被擱置一旁，無比落魄。活塞出現裂痕，齒輪脫落，巨大的壓床嚴重斜傾。到處都夾著髒汙的一疊紙，機械底下滿滿都是已淪為廢紙的「新書」。之前站在這巨大的機械工廠中央，面露柔和微笑的宰相，感覺就像存在於夢裡的人物般。

奈奈美依舊腳步未停。

因為她有預感。

順著這染滿油汙的地毯往前走，果然如她所料，不見先前宰相坐的那張黑色沙發，取而代之的，是牆上出現一扇新的門。

只有那裡規規矩矩地站著一名衛兵。

「來者何人？前方是國王陛下的房間。」
奈奈美使勁應道：
「我是來見國王的。」
灰色士兵馬上立正行禮。
「國王陛下有訪客！」
沒聽到複誦的聲音，只有這名士兵的聲音形成陰沉的回音，逐漸遠去。
不久，在一片寂靜中，巨大的房門開始緩緩朝兩旁開啟。

門後是一處寬敞的空間。
一路走來的紅色地毯，在門的後方突然寬度變大，一路通往深處。地毯兩側立著粗大的白色圓柱，以等間隔排列，支撐著上方圓頂狀的天花板。每根圓柱在約莫成人身高的高度，都點亮了燭臺的燭火，所以紅色地毯鮮明地浮現其中，但環視左右，皆被幽暗包覆，看不出這裡頭究竟有多寬敞。仔細一看，地毯兩側滿滿都是被丟棄的大量「新書」。就像一條染血的步道貫穿白色的沙灘，形成詭異的對比。
「歡迎來到『國王之間』。」

寧靜的大廳裡響起一個冰冷的聲音。

大廳最深處，一個高出數階的高壇上，擺設了一張形狀特異的白色椅子。光椅背就有數公尺高，但既沒裝飾，也沒色彩，一張單調的白石王座。上頭坐著身穿灰色西裝的男人。

奈奈美毫不畏懼，直直地踏步向前。

坐在王座上的，是一名身材高大，肩膀寬闊的紳士。不是將軍，也不是宰相。此人由於體格好，乍看之下顯得年輕，但眼角和臉頰都有歲月留下的皺紋，光是坐在王座上，就展現出獨特的風格。但這樣的外觀變化，在這裡並不具什麼特別的意義。現在奈奈美也明白這個道理。可以確定的是，打開一扇又一扇的門，終於來到了這裡。

「歡迎回來，奈奈美。」

面對毫不猶豫地走近王座的奈奈美，灰色國王臉上浮現慵懶的笑意，如此迎接她的到來。

國王雖然顯得一派從容，但身上卻瀰漫濃濃的頹廢氣息。他那身硬挺的西裝，甚至多處有燒焦破損。鞋子因黑灰而泛黑，鴨舌帽就扔在腳下，背後不見衛兵佇列。王座周圍甚至雜亂地堆放了「新書」，左右兩側的燭臺亮光，令它形成的陰影像波紋般搖曳。

「我就猜妳一定會來。即使看到那樣的火焰和黑煙，妳一定也不會逃走。」

國王手肘撐在王座上，開心地搖晃著肩膀。雖然一臉開心的模樣，但他灰色的臉龐卻流露出陰暗的疲憊之色。

「你竟然要把一切全部燒毀，我不能放任不管這種事。」

「書有那麼重要嗎？」

「書很重要。但不光是書。你和外面的士兵們也是，要是現在不趕快離開，會有危險。」

聽到奈奈美那清晰的聲音，國王似乎感到害怕，皺起眉頭。

「又說這種話……妳這個人真教人難以理解。」

國王狀似痛苦地緊蹙眉頭，手搭向脖子，鬆開領帶。

「在妳來之前，我不曾感到迷惘。我一直為了人類盡心盡力。事實上，許多人聽從我的話之後，確實成為成功人士，擁有身分地位。」

國王似乎嫌領帶累贅，一把扯下，扔向一旁。

「我沒有命令他們。你們不是希望可以活得更自由嗎？只要自己能愉快，這樣就行了。抱持這個心願的是你們。我只是在一旁幫忙，助你們達成心願罷了。可是妳……」

國王的聲音近乎嘆息。

「可是妳竟然擔心我的安危。」

「我不知道你過去究竟看了些什麼。」

奈奈美開口道。

「但我們並非全部都是那樣的人。我周遭確實有人不是這樣。」

「妳很可愛，但妳那是不成熟的幻想。再這下去，妳只會淪為被人踩在腳下的一方。」

國王朝她投以滿含同情的眼神。

「追求自己的欲望，累積更多的財富，獲得更多快樂。現今的時代，像這樣順著自己的欲望過日子，就叫作『自由』。也曾有不是這樣的時代。有的時代認為控制欲望，擺脫欲望的自由，才是真正的『自由』，做出這樣的定義。但那都已是過去的回憶。已無法再回頭。我的力量已經大到無法再往回走了。」

國王的聲音在寬廣的大廳裡回響，伴隨著一道道的回音消失在黑暗中。

「像妳這種沒有身分地位的人，一定不願相信對吧。不過，總有一天妳會發現的。人們的欲望所造就的系統，已脫離人們的控制，開始失控了。可以說是系統本身化為欲望，想反過來吞噬人類。」

男子說的話很難懂，遠遠超乎奈奈美能理解的範圍。

「國王啊，」這時腳邊的虎斑貓突然開口道：「你為什麼這般絕望呢？」

「絕望？」

因為虎斑貓的這句話，國王緩緩移動視線。

「原來如此，或許是吧。我身為『同行者』和『受造者』，目睹了一切。看過人們的改變。」

「就算這樣，我還是不認同。因為我看過更多不同的景色。」

面對奈奈美的說法，國王以嘲笑回應。

「那麼，可以讓我也見識一下妳看過的景色嗎？」

國王以緩慢的動作仰望挑高的天花板。

「再過不久，這裡也會被烈焰吞噬。妳打算怎麼做？應該捨棄書本，盡早逃離比較好吧？還是說，妳要自己一個人，盡可能多捧一些書逃離？妳又能帶走幾本呢？不過，大部分的書都會葬身火海。勇敢的少女啊，妳打算怎麼做？」

「我有方法。」

奈奈美以強勁有力的聲音打斷他的話。

國王眉頭扭曲，回望奈奈美。

「我有方法。雖然我一個人什麼也做不了，但大家可以一起合力幫忙。」

「大家？」

國王就像聽到什麼陌生的外國語言般，偏著頭感到納悶。

「你、我，還有外面的士兵們，大家合力拿著書，逃出城堡外。這麼一來，我、你，還有大家，就能救出所有書本。」

國王聽傻了眼。

他嘴巴微張，從王座上趨身向前。

奈奈美也是第一次看到這麼驚訝的表情。不光國王。就連奈奈美腳邊的虎斑貓也瞪大眼睛，抬頭望著她。

「妳……」

國王因太過驚訝，連話都說不出來，視線游移。

「妳在說些什麼啊？」

「一個人能做的事有限。我不會丟下你不管，也不會棄書本於不顧。我現在說明的，是大家能一起合力辦到的最佳方法。」

國王驚訝到合不攏嘴，一直回望奈奈美，但接著他緩緩靠向王座的椅背。他的肩膀微微顫動。顫動由小變大，最後國王仰望天花板，像爆炸般放聲大笑。

他像按捺不住似地，右手緊按著肚子，在王座上扭動著身軀。誇張的笑聲在大廳裡形成回音，像合唱般傳開來。

「奈奈美……妳可真不簡單。」

國王極力忍住笑，勉強說出這句話來。儘管如此，他似乎還是沒笑夠，抖動著肩膀說道。

「我想起來了。以前也曾經有個像妳這樣的人。」

「以前？」

「當時我不過只是個道具。只是人與人之間連接的一種手段。但不知何時起了改變。手段變成目的，信賴消失無蹤，只有欲望不斷匯聚。過了很長一段時間。」

國王露出凝望遠方的眼神。

「要是妳能再早一點來的話……或許……不……」

他的聲音變得斷斷續續。

這時，王座後方有個東西緩緩移動。

奈奈美猛然一驚，做好防備。

是那個帶有壓倒性氣勢的黝黑之物。

「是那傢伙。」

虎斑貓說。

不用說也知道。

國王體內有個巨大的東西。不，打從一開始，他就出現在奈奈美面前。在「將軍之間」時也是，在「宰相之間」時也是。

現在站在「國王之間」的男子，化為那個東西，正緩緩現身。

「真是……令人懷念啊。」

傳來一個沒有高低起伏的聲音。

坐在王座上的男子，似玻璃珠般的眼睛看向奈奈美。

奈奈美早已嘗過像是有人用冰冷的手掌撫摸她背部的感覺。

「妳真是位勇敢的少女啊，奈奈美。」

灰色國王從王座上緩緩站起身。光是這樣，就感受到一股強烈的壓迫感湧來，就像被人伸手按住喉嚨般。

「你……」

奈奈美極力擠出聲音問道。

「你是誰？」

「我向妳表達敬意，給妳第三個提示吧。」

國王很開心地低語道，緩緩走向王座兩側燭臺的其中一方。燭火在約莫成人胸口高度的燭臺上，緩緩搖曳。

「我是所有世界中，唯一不遵從自然法則的人……」

國王在注視他的奈奈美面前，拿起燭臺，轉頭望向奈奈美。

「我是『增殖者』。」

那是令人打從心底發寒的聲音。

燭火像在舔舐般，照亮他灰色的臉頰。

突然一陣笑聲從國王口中逸洩而出。

「大家一起捧著書逃走是吧。完全沒想到有這樣的構想。如果是那時候或許能實現，但那段時光早過了。」

國王單手拿著燭臺，緩緩走出王座前。

「要不要和我打個賭啊，奈奈美。」

傳來很唐突的一句話。

而且帶有危險的氣息。

虎斑貓擋在奈奈美前方。

「奈奈美，妳要小心。」

「我知道。」

國王愉悅地望著他們這樣的對話。

「妳的心靈的確很強。但要壓制我，是不可能的事。因為讓我展開行動的人，就是你們自己。」

「你打算做什麼……？」

現場明顯瀰漫著一股非比尋常的氣氛。

國王從王座前走過，拿起另一側的燭臺。

他雙手拿著兩把小小的燭火，緩緩轉身面向奈奈美他們。

「我會得到更多力量。而世界也會因此而更加豐足。不過，這始終都只是表面話。我看到的，是站在無數屍體上的一小撮絕對至上的勝利者，稱霸這世界的荒涼景象。那是人與人不斷互相傷害的世界。書本的力量完全喪失的世界。」

「不會發生那種事。」

奈奈美的回答很明確。她絲毫都不願承認這種事。

然而，她的回答令國王感到滿足。

「妳是真的認為書本有力量對吧。」

奈奈美用力點頭。

完全不動搖。也沒任何懼怕的理由。與灰衣男人看到的景色相比，她看到的或許小上許多，但奈奈美仍舊活在她自己的世界中。人並不是獨自活在這世上。

「很棒的回答。」

國王嘴角輕揚。

那是駭人的笑容。就像原本一直蹲身蟄伏的黝黑之物，突然抬頭露臉般。

奈奈美不自主地為之屏息，國王似乎覺得有趣，緊接著又發話道：

「既然這樣，妳就活著走出這裡吧。」

緊接著下個瞬間。

國王突然鬆開他握在手中的燭臺。失去支撐的燭臺，隨著重力直直落下。

燭臺落在書本上，發出兩聲清響。

燭火輕輕迸開來。火焰優雅地在無數的白色書本上跳舞。緊接著下個瞬間，國王腳下就像受聚光燈探照般，突然起火亮了起來。

大為錯愕的奈奈美，耳中傳來國王的大笑聲。

「為什麼？」

「讓我見識妳說的書本力量吧。」

國王在烈焰中悠哉地笑著。就連那灰色的西裝，也幾乎快從他腳下開始被火焰吞噬。

「應該說這是個弱肉強食的世界。弱者只會被捲入強者的烈焰中，就此滅亡。既然妳說有辦法加以跨越，那請務必讓我見識妳的力量。這是我和妳的對賭。」

國王在火焰中敞開雙臂。

「妳可要活下去啊，在此祝妳奮戰順利。」

國王那隨著大笑優雅行了一禮的高大身影，轉眼被烈焰包覆。

不僅如此，火舌轉瞬朝著整個「國王之間」擴散開來。堆放在紅色地毯兩側的「新書」，也全被深紅色的毒蛇一一吞噬。

虎斑貓不知在叫喚什麼，但茫然呆立原地的奈奈美聽不見。火勢猛烈，就連白色的石造圓柱也被火舌纏上。

「奈奈美！」

終於聽見虎斑貓的聲音了，但奈奈美仍對眼前發生的事難以置信，呆立良久。

「快走吧！國王背負太多人類的負面情感了。他已經回不來了。」

「可是……」

「沒時間猶豫了！」

奈奈美因虎斑貓的聲音而轉頭看，頓時背脊發寒，縮起脖子。

火舌已開始伸向「國王之間」的入口附近了。只有地毯形成的道路勉強保留了下來，其餘兩側已是一片火海。她再次回頭望向高壇，但別說國王了，就連白石王座也看不見了。

「快跑！」

就像受到虎斑貓的聲音鞭策般，奈奈美就此往前衝。

一衝出「國王之間」，奈奈美頓時大為錯愕，停下腳步。「宰相之間」即將被大火吞沒。

些許的火粉延燒至燃油，火勢以驚人之勢擴散開來。相接的齒輪中間正噴發烈焰。之所以傳來嘎吱嘎吱的怪異聲響，是因為複雜地嵌合在一起的機械受不了高溫而發出悲鳴。

「動作快，奈奈美。」

礙耳的怪異聲響，蓋過了虎斑貓沙啞的叫聲。

高高矗立在右手邊的巨大壓床，因為被捲入火焰中而發出擠壓聲。與此同時，原本傾斜的鋼鐵高塔發出聲響，開始倒塌。

根本連要發出驚呼都來不及。

虎斑貓就像要將奈奈美撞飛般，飛撲而來，與巨大機械發出轟然巨響倒落，幾乎同一時間發生。

震耳欲聾的地鳴聲、令眼睛無法睜開的粉塵，熱風撲面。

茫茫塵煙中，奈奈美被撞倒在地板上，一時無法動彈。她緊按撞向地板的左肩，一邊咳嗽，一邊想辦法用手撐地坐起身。頭部撞上東西，原來是頭頂上方數公分高處，橫著一條鋼筋。奈奈美感到戰慄，倒抽一口冷氣。要是站起來的話，肯定會直接撞上。

——身體能動……

她以混亂的腦袋確認過此事後，開始環視四周，接著從一處鋼筋與齒輪包夾的狹小空間裡，看到癱倒在地的虎斑貓。

奈奈美極力想要靠近，但並不容易。她就像要鑽進半毀的機械縫隙裡一樣，努力朝虎斑貓靠近。鋼鐵皆因火焰而開始變燙，但她感覺不到灼熱和疼痛。

「為什麼會這樣……你睜開眼睛啊……！」

終於抱起了虎斑貓，但牠就只是無力地躺在她懷裡。想必是被燒毀的鋼材擊中。牠側腹處有一大塊紅黑色的燒焦痕跡。

「拜託你，睜開眼睛！」

「別慌……」

因奈奈美的悲鳴，虎斑貓以虛弱的聲音回應。

「你還活著？」

「當然。至少目前還活著……」

雖然幽默，但這樣的回答實在過分。虎斑貓以顫抖的聲音繼續說道。

「繼續待在這裡……不知道會發生什麼事。妳要快點逃。」

「我不能拋下你。」

「可是……要抱著一隻貓在這裡頭移動，可不是件簡單的事啊。」

虎斑貓微微睜開牠翡翠色的眼睛，環視四周。

無數的機械占滿了視野。沒有可供人起身站立的空間，只有凌亂的齒輪和鋼筋之間勉強有可通行的縫隙。而且到處都有悶燒的火焰，還有黑煙飄來。

「妳快走吧……」

「我不能丟下你。」

「妳這話我很欣慰。不過，如果是因為絕望才這麼說，那就免了吧。」

「可是，在這樣的情況下……」

「沒問題的。」

虎斑貓露出淺笑。不用說也知道，這是奈奈美常對虎斑貓說的話。

奈奈美也想對牠擠出笑容，但做不到。

「為什麼你能這樣說……我完全不知道該怎麼辦才好啊。」

「毫無根據。」

虎斑貓虛弱地說道。

「雖然沒有根據，但希望會重新燃起。」

奈奈美為之一驚，瞪大眼睛。

「希望不就是這樣嗎？」

虎斑貓微微一笑，接著馬上全身癱軟，暈了過去。

奈奈美不想一直叫喚牠。她確認虎斑貓尚有微弱的呼吸，便再次將牠抱在胸前。奈奈美環視四周，但沒人能幫她。她連出口在哪兒都不知道。眼前就只看到鋼鐵、濃煙，以及火焰。

腦袋因高溫而發燙。

眼睛因煙熏而發痛，伸手擦拭後，手背沾滿黑灰。現在一定滿臉都是黑灰。

她勉強抱著貓，在鋼筋底下爬行，前方很便快無路可走，於是她改往另一頭走，結果火焰已繞向前方，擋住去路。

「希望會重新燃起。」

奈奈美低聲說出心中的那句話。她連同虎斑貓一起，將那快要消失的希望碎片緊緊抱在胸前，很努力地持續找尋出口。

「希望會重新燃起……」

以沙啞的聲音反覆說道。

她往前走了幾步，找尋能前進的場所，遇上死路，就再找尋別的出口。

每次改變方向，正要亮起的希望就會慢慢瓦解。

一股沉重冰冷的絕望，從腳下悄悄逼近。

——希望會重新燃起……。

不知是從什麼時候開始。猛一回神，發現視野角落有隻鮮豔的蝴蝶在飛舞。是紅、藍、黃等鮮豔色彩相間的美麗蝴蝶。在熱風與黑煙中，七彩寶石在空中飛舞。

她沒去想蝴蝶為什麼會出現在這裡。也沒想說這是幻覺。看到蝴蝶後，就只覺得原本快要跌落谷底的內心變得出奇平靜，奈奈美這才得以繼續默默行動。

她追著蝴蝶走，穿過鋼筋，將身體塞進彎折的鐵柱中間，躲避烈焰，找尋出口。不知什麼時候已不見那隻發光的蝴蝶，但她並未停止行動。

某處響起轟隆聲響。城堡開始崩塌。她一邊與出口被堵塞的恐懼對抗，一邊前進，但眼前又是無數個堆疊的齒輪，沒有縫隙可通行。

沒有出口……。

她懷裡抱著貓，緊咬嘴唇。正當她強行將湧出的淚水嚥下時，突然有個小小的黑影從奈奈美面前奔過。

動作俐落地穿梭在鋼鐵與火焰間的那東西，來到奈奈美面前後，突然停住。這次不是蝴蝶，而是一隻小老鼠。

奈奈美為之屏息，並非因為看到老鼠感到吃驚。而是因為這隻全身綠毛，一臉睏樣的田鼠，奈奈美看了覺得眼熟。

田鼠就像在等候奈奈美的叫喚般，回望著她。一股暖意在奈奈美胸中擴散開來。

「你……」

田鼠面露微笑。

「你難道是詩人田鼠？」

田鼠略顯難為情地站起身，手攏在胸前，很禮貌地行了一禮。奈奈美連這個動作都很熟悉。

田鼠抵在胸前的左手，緩緩比向右方，朝她點頭。

「那邊嗎？」

田鼠再度點頭。

「有路可以離開這裡嗎？」

奈奈美話還沒說完，田鼠已一溜煙地往前跑，牠俐落地躍過剛才所指的鋼材，消失蹤影。奈奈美抱著貓，隨後跟上。

火還沒延燒到那邊，有個奈奈美能通過的縫隙。她穿梭其間，勉強能前進。接著潛入隨時都可能崩塌的瓦礫間，撐起她快要瓦解的希望，不知走了多遠。接著四周突然變得廣闊起來，可以起身站立。

她已走出那座鋼鐵迷宮。這一帶滿是倒塌的石柱和崩毀的石牆，慘不忍睹，但火舌還沒延燒到這裡。雖然一時間不知道自己來到什麼地方，但她一看到腳下粉碎的枝形吊燈殘骸，了然察覺。

「『將軍之間』……」

就像在回應她的低語般，前方突然亮起柔和的點點亮光。

在瓦礫中，許多書本綻放柔和的光芒，就像是指引出口方向的路標，也像是引導船隻的燈塔。斜傾的石造臺座上有《海底兩萬里》，掩埋在崩塌的磚塊裡的《金銀島》，封面有一半被撕碎的《白鯨記》……。

她眼睛循著亮光望去，看到一扇半毀的大門。如果是身材嬌小的奈奈美，就算抱著虎斑貓，一樣能從那處空間離開。

奈奈美重新將虎斑貓抱好，邁步走向前。避開枝形吊燈的碎片，踢開磚塊，爬上瓦礫。正準備穿過那處即將崩塌的出口時，奈奈美停下腳步，轉頭望向大廳，環視那些仍散發淡淡光芒的書本。

「謝謝。」

她小聲地說道，鑽進眼前的縫隙裡。

縫隙外已來到大廳外面。

雖然奈奈美終於來到正面那條大通道，但她沒時間休息。王城的入口處，已開始聚集許多灰臉士兵。他們不光走上正面的階梯，從石柱後方和側廊的小階梯，也陸續有士兵往這裡聚集。明明城外也即將被大火包圍，但他們卻對此視若無睹，頻頻在城內四處走動。

突然有名士兵發現站在瓦礫旁的奈奈美。

士兵發出警告聲的同時，已舉起槍。非但如此，奈奈美跳進一旁的瓦礫後方，與刺耳的槍聲響起，也是同時發生。繼第一槍之後，陸續傳出槍響，磚塊被彈飛，小石子飛散。

「她躲在那裡。」

「國王下令。要捉住她。」

缺乏感情的冷漠聲音此起彼落，在天花板高處形成回音，從四面八方將奈奈美包圍。

奈奈美無法動彈。她只能抱著虎斑貓，身子蜷縮。對方人數太多，甚至有槍。要是隨便往外衝，不見得能奏效。

——希望會重新燃起……。

像在求救般，仰望天花板的奈奈美，突然發不出聲音，全身凍結。因為在她的視野中，驀然出現一張灰色臉龐。

「找到了。」

灰色士兵的灰色聲音，在耳畔響起。

士兵以機械般精準的動作，將槍口對準奈奈美。他的動作看起來特別緩慢，可能是錯覺吧。奈奈美將虎斑貓緊緊抱在胸前，就此緊閉雙眼。

一陣尖銳的爆炸聲響遍四方。

並非只有一聲。

陸續傳出槍響，緊接著下個瞬間，傳出一聲沉重的悶響。

奈奈美悄悄睜開眼，倒抽一口氣。因為灰色士兵倒臥在她面前。緊接著，換成一名手持長劍的高大男子出現在奈奈美面前。男子在傻愣住的奈奈美面前，把劍收回腰間的劍鞘裡，動作高雅地單膝跪地，露出俐落的微笑。

「您沒事吧？」

就在他說出這句簡短話語的時候，陸續有幾名男子跑來，像在保護奈奈美般，將她團團圍住。

他們不是灰色士兵，而是一群身穿鮮豔藍色衣服的男士。腰帶上插著劍，右手持毛瑟槍。像大海般的藍色衣服前胸縫有漂亮的白色十字圖案。奈奈美看過這個設計。雖然覺得不可能，但奈奈美確實知道那個徽章。

「火槍隊……」

奈奈美如此低語，男子面帶微笑朝她點頭。

雖然男子身上有長劍和火槍等武裝，但絲毫沒有半點粗鄙的氣息，他那俐落的動作和帥氣的笑容令人印象深刻。

「看來是趕上了。真是太好了。」

但這位火槍手犀利的目光馬上轉向王城入口。因為紅色地毯前方又出現了一群士兵。

「波爾多斯！」

男子厲喝一聲，站在他身後的大漢應道：

「我知道。火槍隊，排成兩列橫隊！」

大漢那震懾四方的大嗓門響起，四周的火槍手馬上排好隊伍，整齊劃一地舉槍瞄準。在男子高舉的粗壯手臂揮落的同時，十幾把毛瑟槍同時發出呼號，剛走上來的灰色士兵們就像遭受橫掃一般，紛紛中槍倒地。

「奈奈美，妳沒受傷吧。」

這名高大的火槍手，對背後的激戰連看也不看一眼，神色從容地向奈奈美問道。

「抱歉，這麼晚才趕來。看來是趕上了。」

「你認識我？」

「當然。我就是來解救妳的。」

「解救我？」

突然傳來一陣銳利的風切聲，子彈掠過男子臉頰。男子再次回身而望，看見一名火槍手無聲地中槍倒地。

王城的入口處又有新的灰色士兵湧現。火槍手們躲向石柱和瓦礫後方應戰，但對方人數實在太多。

「波爾多斯，不能想想辦法嗎？」

「你別強人所難。對方人數實在太多了！」

退向一旁的那名魁梧的火槍手，蹲在奈奈美身邊，迅速替毛瑟槍裝填子彈，暗啐一聲。

「不僅人數多，還拚命往前衝。就像搶著當活靶似的。」

「別發牢騷，波爾多斯。先忍著點。」

「我知道，但恐怕撐不久。阿多斯那傢伙到底在磨蹭什麼啊。」

大漢從瓦礫的縫隙間開槍時，又有一名躲在石柱後的火槍手倒地。

奈奈美嚇得無法動彈，更無法出聲。

儘管處在這種狀況下，眼前的火槍手臉上卻依舊掛著微笑。

「果然和傳聞的一樣，奈奈美，儘管勇猛善戰的波爾多斯大人全力奮戰，似乎還是壓制不了敵軍。這裡不能久待。」

火槍手豎起白皙的食指，指向左邊的側廊。屋柱後方有一個小螺旋梯。

「請往那兒走。我們會在這裡抵擋。」

「這怎麼可以……」

奈奈美使勁搖頭。

「我們不能丟下你們大家。你們前來救我，可我卻……」

「多麼勇敢的回答啊。這樣就不枉費我們這趟專程趕來了。」

火槍手臉上甚至浮現逗趣的笑容。

「不需要替我們擔心。只要妳平安無事，我們絕不會倒下。」

「我？」

「沒錯。國王的目標是妳。也就是說，這是對我們下的戰爭。面對敵人送到面前的戰書，將它切成碎片歸還，是我們火槍隊一貫的做法。」

在子彈交錯中，他始終都處之泰然，不為所動。並非危難已經解除。他只是不知道什麼是向危難屈服。

「可是……」

奈奈美不知道該說什麼才好。

「可是，你們趕來救我，卻只有我一個人逃走，這……」

「妳不是逃走。」

大漢突然插話道。

他濃密的鬍子下，泛起豪邁的笑容。

「就像這位暖男說的。妳一定得離開這座城堡才行。我們就是為此而來。」

「用不著替我冠上暖男的稱呼吧。請說我這是紳士的禮儀。」

大漢笑著對那位不悅地皺起眉頭的暖男應道：

「說什麼紳士。明明就是位完全不挑的好色男。」

「波爾多斯，你膽子真大。等這一仗打完，看我一槍轟爆你的腦袋。」

「既然你有那麼多子彈，分一點給我吧。我都快沒子彈了呢。」

兩人一邊輕鬆地以毒舌你來我往，一邊以俐落的動作裝填子彈，陸續展開回擊。

奈奈美無言以對。她很難理解現在發生了什麼事。但可以確定的是，有個強大的力量想要保護她。

她極力忍住快要奪眶而出的淚水。現在不是哭的時候。她重新抱好胸前的虎斑貓，向那兩位火槍手深深一鞠躬。

高大的火槍手露出滿意的笑容，而他身後的大漢則是拋下毛瑟槍，改拔出腰間的長劍。四周忙著應戰的火槍手們，也陸續拋下毛瑟槍，拔出長劍。奈奈美環視四周，發現每個人都單手握著長劍，像在為她送行般，朝她露出柔和的笑容。

「快去吧，奈奈美。」

若無其事地說完這句話後，火槍手朝奈奈美背後一推。

奈奈美從瓦礫後方衝出的同時，火槍手們也像是要守護她的背後般，一同從遮蔽物後方衝出。

往前奔去的奈奈美背後接連傳出槍響，接著旋即改為激烈的刀劍交鳴聲。她的視野角落看到有人倒地，但她沒回頭。

她頭也不回地奔過側廊，衝進前方的螺旋梯。之所以毫不躊躇，是因為她看過這個階梯。是一開始到這座城堡來時走過的地方。雖然城堡的規模改變，但記憶仍在。當時是虎斑貓跑在她前面。而現在牠躺在自己臂彎中。

——希望會重新燃起。

奈奈美像在念咒般，鼓起所有力量走上階梯。

就在這時，她喉嚨深傳來「嘶」一聲乾燥的聲音。

一股令她寒毛直豎的寒氣，從後頸滑過。

剛才穿過鋼筋、爬過瓦礫、躲過槍林彈雨，一路飛奔。身體不可能完全沒事。但這時候要是氣喘發作，就不可能跑得動了。

——希望會重新燃起。

突然下方傳來腳步聲。那是威嚇感十足，整齊劃一的踏步聲，就像要一階一階吞沒般，步步逼近。那當然不是火槍隊的腳步聲。

現在究竟是感到害怕、悲傷，還是痛苦呢，此刻的奈奈美連這個都分不清了。

胸中的怪聲慢慢擴散開來。她連要吸氣都有困難，呼吸凌亂，走上階梯的腳步聲變得愈來愈重。

——希望會重新燃起……。

奈奈美來到階梯半途停住。她並非就此死心。而是抱著貓，一隻手伸進口袋，取出吸入器。正當她準備抵向嘴巴時，因為手發抖，吸入器脫手滑落。那重要的吸入器在石階上發出堅硬的清響，一路往下滾。
血色從奈奈美臉上抽離。
那宛如勒住她脖子般的痛苦，瞬間膨脹。
——希望……。
她沒辦法說完整句話。
力量從她全身洩去。
「別放棄。」
突然頭頂上方傳來銳利的聲音。
奈奈美猛然一驚，抬起頭，忍不住停住呼吸。就在前方幾階遠的地方，站著灰臉士兵。
灰色的額頭和臉頰，沒半點特色的五官，還有那玻璃珠般的眼睛。
儘管詭異的特徵一應俱全，但卻有一個不可思議的直覺滑過奈奈美心中。在後方追趕她的士兵，與眼前的士兵不太一樣。
士兵那不帶半點血色的嘴脣微動。
「現在放棄還太早。」

士兵面無表情地伸出右手。奈奈美就像被吸引過去般，一握住對方的手，便有股強大的力量將她往上拉。士兵一面引導她往上走，一邊以平淡的口吻說道：

「在這裡，心靈的力量是最強大的。妳會引發氣喘，不是因為妳全力奔跑。而是因為不安和絕望。」

士兵話還沒說完，突然一陣熱風和濃煙吹向奈奈美臉頰。她已來到城牆上。四周盡是火粉，漫天飛舞。

她望向城牆下方，只見聚集了許多士兵，活像螞蟻般。應該是國王下的命令吧。在火焰中，他們都不逃命，而是一味地追著奈奈美跑。

王城正面的階梯，擠滿了行進中的灰色士兵。

「火槍隊他們……」

「不用擔心他們。他們現在仍在底下奮戰。」

士兵以平靜的聲音回答。

「倒是妳，還能跑嗎？」

這名語氣平靜的士兵，怎麼看都與那些多得像山一樣的灰色士兵沒有兩樣。

士兵對一臉茫然的奈奈美接著道：

「妳應該知道出口在哪兒吧？」

奈奈美為之一驚，望向城牆前方。火焰像在伸舌舔舐般，在城牆上舞動著，視野一再染成赤紅。但從火焰的縫隙間，不時可以窺見小小的尖塔。第一次來這裡時，她和虎斑貓什麼也沒想，直接往裡跳的那個地方。

「是那座塔……」

「沒錯。就是塔內那扇門。裡頭有通道。」

「可是，被大火包圍……？」

就像要打斷他們的對話般，灰色士兵們從階梯下走上來了。與奈奈美交談的這名士兵，猛然一個轉身，擋在階梯上方，賞了帶頭衝過來的一名士兵一記肘擊，接著以俐落的體術將對方摔往階梯下。連帶著跟在後面的十幾個人發出慘叫，全都滾下樓去。

再次傳來那冷靜的聲音。

「我會爭取時間。再來就看妳能否衝過眼前這片火焰和濃煙了。」

那聲音不僅冷靜，還很有勁。

那聲音和宛如冰冷面具般的臉龐，實在很難搭在一起。

「那你怎麼辦？」

「如果我也跟妳一起去的話，這裡就沒人斷後了。這條狹窄的階梯，撐上一陣子沒問題。」

「可是，我不能丟下你不管。我不希望再有人受傷了。」

士兵露出微感驚訝的表情。

「大家為了我而奮戰，但是卻只有我……」

「妳果然很善良呢，奈奈美。但妳非得離開這裡不可。」

「你也認識我。你是誰？我想和你一起離開這裡。」

奈奈美抱著虎斑貓大喊，而回應她的，依舊是那平靜的聲音。

「沒問題的。我不會倒下。火槍隊就不用說了，那隻態度高傲的貓也不會有事的。只要妳能平安離開這裡，我們就絕不會死。」

那名不可思議的士兵如此說道，輕撫奈奈美那沾滿黑灰和沙子的頭髮。

「真是個不像話的國王。讓妳這麼好的女孩吃這麼多苦頭。」

「我……」

奈奈美破音喊道。

「我……我知道你。」

就像要打斷奈奈美的話似的，再次從城牆下響起好幾聲槍響。那名士兵迅速護住奈奈美，要她趴下。

槍響仍未停歇，奈奈美躲在石牆後，跪坐在地上，望向眼前那張灰色臉龐。浮現在她心中的話語，是那麼明亮、刺眼。所以奈奈美就像悄悄掬起什麼重要之物般，壓低聲音說：

「你是變裝的名人……」

士兵眉毛輕挑，回望奈奈美。

「不管什麼地方都有辦法潛入，見人有困難，定會出手相助的怪盜紳士。」

那名士兵微微聳了聳肩，嘴角輕揚。先前那冰冷的表情就像不曾存在過似的，現已改為調皮又無邪的笑容。

「我真服了妳。奈奈美真是厲害的名偵探呢。」

又有灰色士兵衝上階梯。怪盜輕盈地避開朝他刺來的刺刀，一把握住槍身，輕鬆往上一扭，再順勢以槍托重重擊向對方胸口。又有數人發出慘叫，跌往樓下。

「這樣下去沒完沒了。」

他輕輕撫去落在肩上的塵埃，像在發牢騷似地低語道，接著嘟囔了一句「不過……」，往城牆底下窺望。

「看來主力部隊終於到了。」

怪盜將搶來的毛瑟槍扔向城牆外，要奈奈美往下望。

中央的廣場上聚集了許多灰色士兵。有一隊人馬騎著快馬，一句話也沒說，便直接從城牆外衝了過來。排成一路縱隊，湧入廣場裡，頓時槍聲大作，他們猛然拔劍，撲向灰色士兵。聚集在廣場上的士兵們大為慌亂，現場一片混亂。

奈奈美環視四周，映入眼中的是——那隨風翻飛，光輝耀眼的漂亮旗幟。

藍底白字的旗幟。

「那是……」

她說不出話來。

在書中看過無數遍的漂亮旗幟。不光只是漂亮，而是以榮耀和勇氣彩繪而成的耀眼旗幟。

怪盜手抵向額頭，狀甚愉悅地瞇起眼睛。

「火槍隊的主力部隊終於到了。不過話說回來，奈奈美妳可真受歡迎。竟然聚集了這麼多人。」

順著他指的方向望向背後，發現陸續有十字旗幟從城牆外趕來。高舉旗幟的集團，一隊、兩隊，猛烈衝進城內。雖然稱不上什麼大軍，卻是千挑百選的精銳部隊。遭受他們突擊的灰色士兵們無法抵擋，陸續潰散。

但灰色軍團也不至於就此潰不成軍。因為他們擁有壓倒性的人數優勢。他們前仆後繼，城內到處都不斷有士兵湧出，像機械般整齊劃一地朝戰場挺進。

城內到處都展開激戰。

「好了，」怪盜手搭在奈奈美肩上。

「接下來換妳了。他們源源不絕地湧出。就算是火槍隊，也沒辦法一直戰鬥下去。」

「可是，要我拋下大家嗎？」

「不是這樣的。」

怪盜紳士緩緩搖了搖頭。

「妳要為大家開闢道路。」

颼的一聲，一顆子彈從耳邊掠過，但奈奈美這時已毫不在意。

她明白自己該做的是什麼。儘管明白，但雙腳一時卻動彈不了。她止不住滿溢而出的情感，半晌說不出話來。

好不容易想開口說句話，怪盜卻豎起食指打斷她。

「不需要說謝謝。那是我們該說的話。」

奈奈美聽從他的話，閉口不語。

她轉身面向被烈火包覆的城牆。

熊熊烈焰、狂亂舞動的黑煙、快要崩塌的地面，以及前方隱約可見的尖塔。

那駭人的光景，如果說不害怕是騙人的。

但奈奈美並未嚇到腿軟。

這一路走來，她並非獨自一人。

背後的階梯又傳來可怕的腳步聲。

「去吧，奈奈美。」

那剛強有力的聲音響起。

「全力向前跑！」

奈奈美胸前抱著虎斑貓，就此衝進烈焰中。

雨不知道什麼時候停了。

從雲縫間灑落柔和的月光，亮光和暗影在圖書館前的騎樓處留下鮮明的濃淡光影。想必是平靜無風。路上的積水處沒激起一絲波紋，在月光的照耀下散發金黃的光澤。仔細一看，導雨管下和花圃旁也積了許多小水灘，各自都反射著月光，就像有位古怪的富翁一時心血來潮，撒了一地的金幣般，光彩奪目。

父親的轎車仍和來的時候一樣，停在同一個地方，但在寂靜與月光的包覆下，奈奈美覺得自己彷彿回到了另一個世界。

奈奈美緊抱著胸前的重要之物，緩緩轉身望向背後。在此同時，剛才走來的那條綻放藍白色光芒的道路，就像受陽光照射的朝露般，逐漸消失。接下來只有一扇平凡無奇的玻璃門擋在前方。

「奈奈美。」

傳來父親的聲音，奈奈美轉頭望向車子方向。

她不知道究竟是過了很長的時間，還是只有短暫的一瞬間。不過，和之前出發時一樣，誠一郎仍站在車子旁。

「奈奈美，妳沒事吧？」

面對幾乎是快步跑來的父親，奈奈美緩緩搖了搖頭。

「有沒有受傷？有沒有氣喘發作？」

父親接連問了幾個問題，同時以他粗大的手臂緊緊摟住奈奈美。奈奈美完好無缺。剛才一路從烈火之中飛奔而過，但就像沒這回事似的，身體和衣服都沒任何改變。不過，唯一改變的，是她抱在懷中的重要之物。

「爸……」

隨著這聲叫喚，奈奈美讓父親看她抱在胸前的東西，誠一郎也瞪大眼睛。

是一本書。

一本很老舊的繪本。

不光只是老舊，還布滿燒焦的痕跡，沾滿黑灰，邊角還破損。儘管如此，還是可以清楚看出封面的圖畫。一隻長著一對翡翠色眼珠的貓，神情傲慢地回望。

「這本書是？」

「當我回過神來，它就在我懷裡……」

「這是……」

微感驚訝的父親，深感懷念地低語道。

「妳還記得嗎？這是以前我買給妳的繪本啊。妳那時候很喜歡……。我還以為它遺失了呢。」

「我記得。上面還有一再翻閱的痕跡。」

誠一郎以認真的眼神望著那本書，一動也不動。

沉默了一會兒後，他伸手搭向女兒肩膀，注視著她的臉。

「發生了什麼事？可以好好說給我聽嗎？」

「就算我說了，你大概也不會相信。」

「說得也是。」

聽到這意外的回答，奈奈美回望父親。

誠一郎態度平靜地笑了。

「儘管如此，還是告訴我吧，妳是在哪裡發現這本重要的繪本？怎麼發現的？是展開一趟海底之旅，還是跑到月亮的背後？或是到數光年遠的天狼星展開旅行？不管是怎樣，我都聽妳說，但條件是妳得一五一十地告訴我。」

父親那悠哉的微笑和聲音，喚起了奈奈美許多記憶。

當初一起上圖書館時，父親常以這樣的笑臉守護她。父親以他深厚的嗓音講尼莫船長的冒險故事、巖窟王的活躍表現，講都講不完。那個靠窗座位從外頭照進的明亮光線，歷歷在目。

奈奈美眼眶泛淚。這次她沒能止住淚水，就這樣順著臉頰滑落。

「喂喂喂，別在這種地方哭啊。」

父親以略帶調侃的口吻說道。

他望向因月光而閃閃生輝的水灘，一臉為難地搔著頭。

「這樣連爸爸都想哭了。」

那溫柔的聲音，融入夜晚的寂靜中。

第四章

詢問者

突如其來的細雪，柔柔地包覆整個市鎮。

十二月也已來到中旬。因為這場與往年相比，來得稍晚的初雪，整個市鎮變得熱鬧起來，走在街上的人潮也變多了。走進小路，看到少年們奔跑嬉鬧。由於這場雪還不到積雪的程度，所以無法打雪仗，但他們似乎因為下雪而開心不已。

「感覺外頭很明亮呢。」

在收銀臺前敲著收銀機的林太郎，因奈奈美這句話而抬起頭來。

「說來真是不可思議。雪給人寒冷、嚴峻的印象，但又是那麼明亮，有時甚至給人一股暖意。」

林太郎邊說邊俐落地敲打著收銀機的按鍵。剛才來了一名客人，買了幾本書。他是位有年紀的紳士，買了一本封面只寫著「論語」兩字，充滿古味，薄薄的一本書，以及裝在金箔書盒裡的兩本《金枝：巫術與宗教之研究》，奈奈美很感興趣地目送他離去，心想，他可能是某位了不起的學者吧。

「要喝紅茶嗎？」

奈奈美聽了，點了點頭，林太郎將茶壺擺向一旁的暖爐上，開始燒水。這個小暖爐也是今天才剛點燃火。奈奈美坐在一旁的椅子上注視著它。

書店裡可以聽見暖爐嘰哩嘰哩的聲響，以及不時從店門前奔跑而過的孩童歡聲笑語。

「今天妳父親也是傍晚過來接妳嗎？」

林太郎從身後的櫥櫃裡取出茶杯，如此問道。

奈奈美搖頭。

「今天我打算自己搭電車回去。因為回去時要到圖書館還書。」

「這樣好嗎？」

「我已經是國中生了，要是連電車都不能坐，那可傷腦筋。我跟爸爸說明後，他也同意了。他對我說，要是發生什麼事，一定要請周遭人幫忙。」

「這樣啊。」

林太郎擺好杯子。

「妳父親也能理解嗎？」

「嗯，雖然不是全部都能理解，不過……反應比想像平靜多了。」

奈奈美說的話，連她自己都覺得好笑。

那天晚上從圖書館回家後，奈奈美將重要的繪本收進書櫃角落後，在能說的範圍內，告訴了父親始末。當然了，她遭遇的驚險部分，她沒忘了要大幅省略，將它加工成像是天真的孩童冒險故事。這方面算是奈奈美的拿手絕活。

誠一郎露出既像傻眼，又像驚訝，也像生氣的表情，最後一臉困惑地嘆口氣。

『這對我來說，實在太難理解……』

他手指按著眉間。

『要是妳媽媽在的話，我就能找她商量了。』

落寞、感傷、幽默，各種情感交疊的苦笑，浮現他臉上。

聽完之後，誠一郎並沒逼問其他瑣事，而是與奈奈美做了幾項約定。

有困難時，一定要找爸爸商量。不要自己一個人展開危險的行動。相對的，爸爸也保證會減少一些工作量，多挪出一些時間待在家裡。我沒辦法說工作方面的事沒問題，不過……

『過去我也許搞錯了優先順序。』

父親在說這番話的同時，冷靜、有建設性、耐心十足地構思要說的話，奈奈美默默注視著這樣的父親。

說完後，父親以感興趣的眼神望向女兒。

『另外，我可以常送妳去那家夏木書店嗎？』

真是意外的提議。

隔了一會兒，反應過來的奈奈美因為太過開心，跳也似地站了起來，膝蓋重重撞向桌子。

《亞森羅蘋全集》已全部歸還圖書館。聽羽村老先生說，他大致檢查過，好像沒發現有書本遺失。

『因為這裡是圖書館。書本時有時無。』

也不知道他是在挖苦，還是在自言自語，不管怎樣，默默聽這位老圖書館員說話，左耳進右耳出，對奈奈美來說並不是多難受的事。

許多事開始慢慢改變。可能是開始向前邁進。

「請用。」

林太郎請奈奈美喝他剛沖好的紅茶。

漂亮的陶器茶杯，在爐火的照耀下閃閃生輝。奈奈美輕輕將它拿在手上，各種念頭從她腦中掠過，沒脈絡可循。

巨大的城堡、搖曳的火焰、傾倒的鋼鐵機械，以及站在這些事物後方的男人。

「又想起那件事了嗎？」

「不由自主地想了許多事。明明覺得很可怕，卻又覺得像是邂逅了某個重要的事物……」

林太郎端起茶杯，溫柔地打斷她的話。

「妳沒必要急著說。妳贏了與國王的打賭。或許現在這樣就行了。妳已平安歸來。正因為這樣，失去的書也都回來了。」

「是啊。不過……」

「『增殖者』……好奇怪的名稱。感覺很詭異。」

奈奈美望著紅茶在杯裡擴散開來的波紋，接著說道。

林太郎微微瞇起他眼鏡底下的雙眼。

「唯一不遵從自然法則的人。灰色的國王是這麼說的對吧。」

「你有什麼頭緒嗎？」

「也算不上是什麼頭緒啦……」

林太郎顯得欲言又止，像是很謹慎地在挑選用語般說道：

「世界萬物都一定會隨時間而衰亡。就像鐵會生鏽，蘋果會腐爛，生物會老化一樣。如果沒加以修繕，那巨大的城牆也會逐漸崩毀，就連人們心靈的力量也無法違抗時間的流逝。就算是憤怒、感動、哀傷，總有一天也會被遺忘的浪潮帶走。」

「換句話說，這是自然的法則？」

「當然了，隨著觀點的角度不同，對事物的看法也會有很大的不同。但事物隨著時間衰亡，這可說是一個基本原則。但在人們創造出的事物中，卻有絕不會衰亡的事物存在。非但不會衰亡，還會隨著時間慢慢增強力量。只要在那裡，就會很確實地不斷增加，也就是增殖。」

奈奈美腦中突然浮現那面巨大的城牆。

每次去確實都變大的城堡。

「如果灰色國王就是我想像中的那個東西，那麼，奈奈美妳可算是遇上很了不得的東西呢。那是會不斷增殖、變大，同時也造就出許多扭曲的存在。」

「真的有那樣的東西存在嗎？」

「有。」

林太郎以平靜，但又很明確的口吻回答。

不知為何，這簡短的一句話，讓奈奈美覺得這溫暖的店內彷彿溫度驟降。

「那是……」

「不能急著下結論。」

林太郎始終都很慎重。

「沒有證據可以證明我的猜想正確。而且我對此也有很多不知道的事。光是存在就能不斷增生的特性，這本身就不太可能。結果所產生的扭曲，是什麼將它導正，我也不清楚。不，就連是否真的導正了，也不確定……」

打從說到一半開始，林太郎的口吻與其說是在跟奈奈美說話，不如說是為了歸納出自己的想法而喃喃自語。

在發出亮光的暖爐後方，林太郎就此靜靜地展開思索，奈奈美默默注視著他。

沒聽到明確的答案。但林太郎謹慎、思慮周詳，不急著要答案。不會想用簡單的三言兩語，迅速把事情處理完畢。這種態度，奈奈美覺得很放心。

『話語就像望遠鏡。』

奈奈美想起虎斑貓曾說過的話。

『想看的東西可以看得很清楚，但其他東西反而就看不見了。』

確實如此。如果性急地轉成言語，肯定反而會遺漏許多事。這世界並非這麼單純，用言語就能完全轉換。

「咦，又有客人啦？真難得。」

突然跑進一個充滿活力的聲音，奈奈美驚訝地抬起頭。

從收銀櫃臺後方的樓梯，一位身材修長，剪了一頭短髮的女性露臉。

奈奈美嚇了一跳，林太郎馬上向她說明。

「這是我太太沙夜，妳們第一次見面嗎？」

奈奈美為之一愣，答不出話來。

隔了一會兒後，她才勉強以破音的聲調問了一句：「你太太？」

「她從事翻譯，去歐洲待了一個月左右。昨天才剛回來。」

「林太郎先生，你結婚啦？」

事後回想，這是很失禮的提問，但當時的奈奈美沒空想那麼多。她對自己發出的音量和不得體的提問感到吃驚，急忙閉口。

「很意外對吧？」

那名女子似乎覺得有趣，笑了起來。

「整天關在這種舊書店裡，個性陰沉的老闆，竟然會有結婚對象，一般都覺得不可能對吧。」

「我不是這個意思。」

奈奈美猛力搖頭，這時，女子來到通道上，朝她伸出手。

「我是夏木沙夜，妳是奈奈美對吧。請多指教。我聽林太郎提過妳的事。」

奈奈美急忙伸手回握她面前的那隻柔軟的手。

「我是幸崎奈奈美。」

「叫我沙夜就行了。」

沙夜輕鬆地回答後，手伸向林太郎擺在桌上的杯子，喝了一小口，但急忙移開嘴邊喊著「燙燙燙」。連這樣的動作都顯得很灑脫。林太郎一副很受不了的模樣，念了沙夜幾句，聲音透著溫柔。

沙夜不以為意，將杯子放回原位後，轉頭望向奈奈美。

「首先我要跟妳說一聲『歡迎妳來』，不過，有件注意事項我得先跟妳說。」

沙夜突然這樣說道，奈奈美聽了，忍不住擺出一本正經的表情。

「找林太郎商量事情是沒關係，不過，要懂得適可而止。他這個人是可以信賴，但也有太過鑽牛角尖的毛病，所以要是和他相處，有時會困在思考的迷宮中走不出來。」

奈奈美聽得一頭霧水，沙夜在她面前蹲下，微微抬頭仰望她。

「妳的事我都聽說了。妳去到一個很危險的地方，最後平安歸來。這是最重要的事。至於其他事，時間會慢慢告訴妳的。」

「時間？」

「對。時間是很重要的。像紅茶也是，如果涼了就不好喝，但要是急著端起茶杯來喝，只會害自己燙傷。」

沙夜呵呵輕笑。

「重要的是，在它變得溫度適中之前，要悠哉地看看書架，靜靜等候。」

在沙夜的笑臉帶動下，奈奈美也不自主地笑出聲來。

沙夜那既不做作，也不炫耀的聲音中，充分暗藏著對奈奈美的關心。她就是個懂得這樣說話的人。

奈奈美隱約看得出林太郎與沙夜這兩人的關係。深思熟慮的林太郎，與有時會刻意什麼也不想的沙夜，兩人巧妙地相互拔河，讓這間小書店得以運作。

「既然機會難得，不妨聽聽看林太郎推薦妳看什麼書，借幾本回去看。不過，他偶爾會推薦一些很艱澀難懂的書，妳自己要多小心哦。」

真過分——林太郎如此嘀咕道，沙夜不予理會。

奈奈美就像是受到那溫暖的氣氛影響，望著沙夜。

「沙夜小姐，妳也見過那隻奇妙的貓嗎？」

就連奈奈美自己也不懂，為何會提出這個唐突的問題。但她覺得沙夜一定見過。

沙夜的笑容綻放出燦爛的光芒。

「當然。一隻態度高傲，充滿理智和魅力的貓對吧。」

「妳覺得我會再遇見牠嗎？」

奈奈美緊握著杯子，微微趨身向前。

「我之前耍弄牠，給牠添了許多麻煩，但都沒能好好跟牠道謝和道別呢。」

沙夜沒回答，而是轉頭望向身後，因為林太郎覺得好笑，笑個不停。

「你在笑嗎？」

「啊，抱歉。」

見妻子板起臉，林太郎急忙揮手否認。

「不過，以前我也和奈奈美一樣，問過那傢伙同樣的問題。問以後是否能再見到牠。」

「牠怎麼說？」

「我記得很清楚。牠說『這臺詞也太老套了吧』。」

奈奈美瞪大眼睛。

「我可是很認真地問牠這個問題，但牠竟然一笑置之。真過分。」

雖然嘴巴上說過分，但林太郎卻一臉懷念地瞇起眼睛。

虎斑貓的身影驀然掠過奈奈美腦中。那是虎斑貓難得聊到回憶時的表情。牠談到某位少年時，充滿溫柔的側臉，感覺與此時林太郎的表情無比相似，說來也真不可思議。

「牠可能不會再回來了。不過，這樣也好。雖然不再露面，但並非是永遠消失。牠只是已經達成目的了。」

「目的？」

「真相是什麼，我不知道。因為那隻難侍候的貓，總是不好好說明。以貓來說，牠實在太不可愛了，而身為迷宮的嚮導，牠那樣也實在不及格。」

不管怎樣——林太郎停頓片刻後接著道。

「如果妳有心意想要傳達，大可不必擔心。一定已經成功傳達了。」

奈奈美緩緩點頭，沒再繼續追問。因為他們顯然比奈奈美知道更多事。

「重要的是，要好好珍惜眼前的任何事物。」

開口說這話的人，是沙夜。

「任何事物？」

「沒錯。人和物當然就不用說了，而且不光只是這樣。包括所有的事。例如言語、時間，或是更抽象的事物……。不管什麼東西都有心靈棲宿其中。妳所珍惜的事物有心靈棲宿，一定會保護妳。就像虎斑貓為妳趕來一樣。」

沙夜說完後，林太郎馬上接話。

「所以才得要小心。扭曲的心靈，會棲宿在持續接觸扭曲心靈的人身上。這事說來可悲，但一定就是這麼回事。」

奈奈美再次用力點頭。

「我會記住你說的話。」

沙夜溫柔地回以一笑。

奈奈美以手掌包覆住茶杯，緩緩湊向脣前。

伯爵茶舒服的香氣冉冉而升。

淡淡的細雪，到了傍晚仍持續飄降。

雖然稱不上大雪，但步道已微微染白。

林太郎問奈奈美要不要送她回家，她搖了搖頭，向他道謝。自己一個人能做的事，她想慢慢增加。

走到車站，從那裡搭電車，在離家最近的車站下車，順道繞一趟圖書館還書。而且是在這種下雪的日子下進行。對普通人來說，這或許是平凡無奇的日常生活，但是對奈奈美而言，卻是一場小小的冒險。

身體狀況還不錯。也不會覺得不舒服。胸前備好了吸入劑。之前在迷宮裡遺失的緊急用吸入劑，後來在診所又拿了一份，就放在口袋裡。

這趟小旅行已準備妥當。

奈奈美在細雪下撐起傘，緩緩邁步向前。

她在車站順著樓梯上上下下，不時停下來休息，對電車裡擁擠的人潮感到驚訝，但她一路站著回到離家最近的車站。車站離圖書館並不遠。穿過寧靜的住宅街，在傍晚時分平安抵達圖書館。

只要在櫃臺還完書，這趟旅程的終點就近在眼前了，不過確實有點累，奈奈美來到二樓她常坐的座位稍作休息。在那座灰色的城堡裡，感覺自己充滿行動力，但現實世界與迷宮似乎還是不一樣。

圖書館二樓樓層還是一樣安靜，今天一樣沒人。與其說是因為今天這樣的天氣，不如說它向來都是這種景象。不時會看到的那位老婦人，今天似乎也沒來。

從窗邊望向戶外，發現住宅街的黑色屋頂開始慢慢染白，現在明明都已傍晚五點了，但還是一樣明亮。緊鄰圖書館的小學操場，聚集了幾名孩童，在雪中高聲歡呼，東奔西跑。雪如果繼續下，明天也許就能堆雪人了。

「這雪看來是不會停了。」

奈奈美托著腮，仰望那厚厚的雪雲。

她在書架間小逛了一會兒，但沒什麼不同。原本像缺牙一樣，出現不少空隙的書架，現在許多都已補滿書。當然了，有些地方還是空著，但就像哈姆爺爺說的，圖書館的書原本就來來去去。

「這樣應該是沒問題了……」

這樣的低語，似乎是為了整理心中的一些牽掛，而對自己的精神喊話。

就像沙夜說的，有許多事，再怎麼想也想不出答案。為了喝到好喝的紅茶，得靜靜等候，等到它溫度適中為止。

「好了，我該挑什麼時候回家好呢……」

要是雪停就比較容易走回家，但今天似乎會一直下不停。如果路況不好，光是走路就很吃力。

該怎麼辦好呢——奈奈美不經意地環視館內，發現本以為沒人的樓層裡，竟然有個人影，她目光停在對方身上。

那位身材高大的男性，站在電梯旁的自動販賣機前。朝機械裡投幣的冰冷金屬聲，莫名尖銳地傳來，想必是因為樓層太過安靜吧。接著響起寶特瓶落向取物口的沉重悶響。

不知為何，奈奈美整個人就像被吸過去似地，緊盯著對方的背影。

男子取出寶特瓶，右手拿取找零，緩緩從書架與閱讀區間的通道走過。

奈奈美驚訝得發不出聲音來。

男子身穿灰色西裝。

頭戴同樣顏色的鴨舌帽。

踩著沉穩的步伐，從書架前走過。

文學、哲學、歷史……。

男子依序從貼在書架側面的牌子前走過，來到「經濟」的牌子前，他轉身朝向奈奈美所在的閱讀區方向。

奈奈美一動也不動，緊盯著筆直朝她走來的那名西裝男。

男子來到她桌子對面後，先將寶特瓶的紅茶擺在桌上，然後摘下帽子。

「這裡沒人坐吧？」

那看慣了的灰色臉龐就在眼前。

沒有笑容、憤怒、痛苦，就像凍結般，面無表情的灰色臉龐。

奈奈美擺在書本上的雙手，一度緊緊握拳。

接著她緩緩抬起右手，比向椅子。

灰色國王斜斜地坐向椅子，緩緩翹起腿。

他仔仔細細地將原本握在右手中的幾枚硬幣擺在桌上，將那瓶紅茶推至奈奈美面前。

他那欠缺情感的眼睛，望向一動也不動的奈奈美。

「妳不是喜歡紅茶嗎？」

「那得看時間和場合而定。」

原來如此——國王如此低語，似乎完全不以為意，手指開始玩弄起桌上的硬幣。

「為什麼你會在這裡？」

奈奈美簡短地問道。

聲音沒顫抖。雖然擺出防備的姿態，但她已重拾冷靜，連她自己也覺得意外。

之前與灰色男子見面的場所，總是在那座灰色的城堡中。雖然「將軍之間」、「宰相之間」、「國王之間」的景象一直在變，但同樣都是充滿威嚇，詭異又空虛的空間。但現在奈奈美所在的地方是她熟悉的圖書館內。說起來算是奈奈美的城堡。

窗外飄著雪，外頭傳來孩子們的歡笑聲。在這普通的日常生活中，不經意地闖進一個非比尋常之物，奈奈美與他正面對峙。

「是為什麼呢？」

國王望向窗外。

「我也不知道。不過，妳成功從那場大火中逃離。也許我想多了解妳一點。」

「你也平安無事呢。雖然你身陷大火中。」

「我是不死不滅的。」

國王撂下這句話。

「我應該說過。我是『增殖者』。」

發出噹的一聲清響，國王以左手手指拿起桌上的硬幣，像在下將棋般，輕輕將它打向桌面。

「可以告訴我嗎？妳是如何逃離那裡的？」

「你就為了確認這件事，而來到這裡？」

國王沒答話，又以硬幣發出噹的一聲清響。

「我很了解人類。人類擁有巨大的欲望，為了加以實現，會發現驚人的力量。有人說人類最大的特徵就是『知性』，但顯然不是這麼回事。知性確實會造就出技術，帶來發明。但真正有知性的人，就算造出了槍，也不會對著自己同胞扣下板機。這種不扣下板機的態度，才叫作『知性』。顯而易見的，人們很欠缺知性。但千萬別誤會。我不認為這是缺點。人們會毫不留情地把別人一腳踹落，射殺同胞，無止境地擴大欲望。說起來，這巨大的欲望正是人們最大的武器。這股力量讓人成長、發現，培育出更巨大、偉大的存在。」

國王一邊低語，一邊敲響硬幣。

「不過，力量如此強大的人類，只要一度不安和絕望附身，就會變得無比脆弱，這點我也知道。在那場大火中遭受孤立的人，一般都無法存活。」

「你一直目睹這些人的遭遇對吧。」

「因為我向來都站在那樣的場所。」

國王以特別響亮的聲響，將硬幣打向桌面。他面無表情，但是那高亢的聲音，不知為何，宛如令人心痛的悲鳴般，在奈奈美耳畔響起。

奈奈美終於也漸漸明白了。

國王是來這裡找尋什麼。

他並非要像過去一樣，一面倒地提出自我主張。他在找尋該走的路，因而來到奈奈美面前。國王來到這名有氣喘的毛病，柔弱無力，年僅十三歲的少女面前，不帶輕蔑和冷笑，就只是帶著問題來向她請教。
奈奈美做了個深呼吸後，開口道：
「的確，你所知道的人類，或許無法從那裡逃脫。」
她幾乎無意識地掌握住浮現心中的話語，擺在桌上。
國王面無表情地回望奈奈美。
「我所知道的人類？」
「就像你說的，一個人如果不會顧及他人，確實很強。可以若無其事地把人踹落，也不會感到猶豫或煩惱。這樣的人，甚至不會為自己是否做錯而煩惱。但他們就像你說的，無比脆弱。」
「這是為什麼？」
「因為他們總是孤零零一人。」
國王沒回答。
「因為被留在大火中時，沒人會出手相助。」
真不可思議。
在奈奈美心中，自然而然地冒出話語。

不具有邏輯性，也沒有一定的先後順序。就只是心裡想著要傳達，話語就像雪花飄降般，靜靜地開始在奈奈美腳下堆積。奈奈美只要跪下來，伸出雙手將它捧起即可。

「要從那場大火中逃離，需要的不是自由或是有自己的風格，也不是像知性或欲望這麼複雜的東西。當然了，也不是毛瑟槍或是沾滿油汙的機械工廠。」

「不然是什麼？」

「這不容易回答。因為這不是用話語就能說明清楚的。」

「難道是要我看書？」

國王那宛如玻璃珠的眼睛望向奈奈美。

奈奈美沒回答，就只是靜靜回望他。她完全沒移開視線。

國王一動也不動，維持原本的姿勢，接著他灰色的嘴脣再次動了起來。

「妳是真的這麼想對吧？」

國王的聲音中，不帶半點嘲諷和冷笑。所以奈奈美也很認真地回答。

「許多接觸書本的人，他們的心靈會化為力量，棲宿在書本中。是那股力量，拉我脫離火海。我只是感受到那股力量罷了。」

「這不可能。書本的力量會讓人變得無力。共鳴、同情、關懷……這些情感會削弱決斷力，讓人產生迷惘，降低攻擊性。也就是說，這會限縮人們的可能性，離成功愈來愈遠。」

「有比成功更重要的事。」

國王的雙眼定住不動。

「我的意思並不是說不需要成功。有比成功更重要的事，這是書本教會我的道理。看到別人有困難就伸出援手、看到別人有事煩惱，就聽他訴說、世上有比金錢更重要的事。書本教會我這些無法用道理說明的事。雖然現在可能已不再那麼理所當然，但以前卻是很理所當然的事。大家都知道。只要看書，很快就會明白。」

「但就像妳說的，很多人已經忘了這種事。這不就意謂著，那樣的想法根本就派不上用場嗎？」

「沒這回事。它給了我很大的力量。」

「例如呢？」

「它讓我明白，希望無所不在。我並非自一個人。就算身處烈焰中，一樣可以飛奔而過，抵達出口。」

奈奈美在說這話時，眼中浮現那隻向她點頭的小田鼠。有嘴角輕揚的大怪盜，還看到就像要覆蓋灰色旗子般，隨風翻飛的藍色旗子。還有那一臉高傲，走在前方的虎斑貓……。

國王緩緩抬頭望向空無一物的天花板。看起來就像在靜靜聆聽奈奈美說的話。

「我每天在學校也有人對我這樣說。要照自己喜歡的方式過日子。人們的意見不重要，要說出妳自己的意見。要更加努力，在社會上出人頭地。不過，這樣的想法其實是錯的。」

奈奈美輕輕伸手搭向手邊的書本。

「為什麼錯，要加以說明實在很困難。因為這恐怕不是用道理所能理解，而是要用心去感受。」

奈奈美視線落向書本。

「所以人們才要看書。這麼一來，就能好好去感受。所謂的體貼他人是什麼。而忘了什麼是體貼的人又是怎樣。那些老舊、善良的書，常不時會問我們。你想成為有錢人，還是想要幸福。」

「兩者都想兼得，這就是人類，不是嗎？」

「這恐怕沒辦法。不管怎樣的童話故事，能帶走的，往往只有大寶箱，或是小寶箱，只能二擇一。」

奈奈美輕細的聲音，在空無一人的圖書館內響起。

就像時間暫停一樣寧靜。

「不過……」如此低語的國王，手中的硬幣又發出聲響。

「我已變得太過巨大。只要吹口氣，就能將人類那微不足道的心靈吹跑。人類已無法控制我。壯大的我，化為混沌的黑暗，想要吞噬人類所在的這一邊。在那樣的黑暗中，妳還有辦法說同樣的話嗎？」

他雖然出言詢問，但那不是尋求回答的話語。

他灰色的臉頰沒有表情。也不顯怒意和嘲笑。

「數千年來，我都和人類一起同行。」

在國王低語的同時，他腳下突然浮現一個黏稠的黝黑之物。

「數千年……？」

茫然低語的奈奈美，腳下慢慢染成了黑暗。她無法動彈。奈奈美多次在那座城堡內接觸過的異樣氣息正逐漸擴散開來。一股凍人的寒氣也隨著向外擴散。

「起初我是海邊的貝殼。只是個漂亮的石頭。後來慢慢添加裝飾，改變樣貌，深入人們的世界，交到許多人手中。接觸過我的人們，都會慢慢改變。有了之後還想要更多。」

已聽不到窗外的聲音。

奈奈美坐在一片漆黑之中。眼前只坐著灰色的國王，其他什麼也看不見。

在那隨時都讓人很想放聲大叫，冰冷、沉重、充滿壓倒性的黑暗中，奈奈美開始緊緊咬牙。她之所以能挺住，是因為現在的她知道自己並非獨自一人。

這個念頭一浮現，國王坐在黑暗中的身影便開始朦朧地搖晃。這名身穿西裝的高大紳士，輪廓開始晃動扭曲。才剛這麼想，他便一下子變成體格魁梧的將軍，一下子變成清瘦的青年模樣的宰相，一下子變成駝背瘦弱的老婦人。雖是嬌小、柔弱、教人看了不放心的模樣，但一股異樣的妖邪之氣，如同泥水般從老婦人腳下滿溢而出。

「一開始是小小的變化。然後它開始慢慢覆蓋這世界，如今到處都是欲望的熱潮。只要我在那裡，就能成為人們的力量。而且只要有我在，就會不斷增加。一旦有眾多的我聚集，就會愈來愈多。所以有了還會想要更多。為了得到更多，人們開始說謊、欺騙、傷害對方，殺害對方。」

老婦人在黑暗中微微扭動身軀。

看在奈奈美眼裡，她就像是個病痛纏身的病患。

「原本不該增加的東西不斷增加，這種特性確實會造成扭曲不斷累積。如果只是些許的財富，會有某人來撐起它。但是像現在這樣，龐大的質量為了持續增殖，需要有龐大的犧牲。對這樣的犧牲視而不見，只著眼在增殖上，人們稱之為『成長』。嘗到成長的甜頭後，欲望變得更大。這樣的野蠻行徑有多危險，確實有一些偉人也注意到這個問題。發現財富如果不隨著時間一起衰亡，便不會與自然相互妥協。不過，眾多的『擁富者』悄悄消除了這些聲音。這也是理所當然。因為對他們來說，增殖的力量是保證能為他們帶來更大力量的黃金定律。」

老婦人的右手就像想要握住什麼似地，虛弱無力地在空中擺動。

那是骨頭浮凸，無比枯瘦的手，令人看了心驚。

「人們到底做了些什麼？成長？真是愚不可及。擁富者和窮者一起成長，這是無比愚蠢的幻想。只要前者變富，後者就會變窮。富這種事，並非絕對性，而是相對性。大家都裝沒發現，但其實應該早都發現了。所以才會想欺騙他人、傷害、搶奪、想擠進那少之又少的贏家圈子裡。人們到底都做了什麼？在一小撮的巨大贏家底下，窮人屍橫遍野的世界。這可怕的野蠻行徑，名為『自由』。妳看旗印，上面寫著『自己』。」

灰色的老婦人那空洞的雙眼望向奈奈美。

在她那雙小眼背後，有個彷彿會覆蓋一切的巨大之物。一個會吸起一切，全部吞噬的深層黑暗，正向外蔓延。

奈奈美的額頭冒出點點汗珠。

橫陳在眼前的這個龐大故事，她當然不可能給出答案。她應該也沒料到會有這樣的龐然大物擋在前方。這時，林太郎的側臉微微從她腦中掠過。林太郎雖然顯得猶豫，卻沒有含糊帶過，是因為他已想到了答案嗎？

「妳還只是個孩子。」

老婦人那沒有生氣的聲音，突然變成充滿威嚇感的渾厚嗓音。

仔細一看，那宛如蹲坐在地上的矮小老婦人，搖身一變成了體格魁梧的將軍。

「要理解我說的話，有困難對吧。妳不知道的事太多了。」

「不過，你特地來找我這個什麼都不懂的人說話……」

奈奈美極力調整自己凌亂的呼吸，做出回答，她眼前的將軍輪廓變得模糊，這次變成青年模樣的宰相。

「我覺得很感興趣。妳確實是借助書本的力量，從那場業火中逃脫。我心想，如果有那個力量，或許能改變些什麼。」

那像在詢問般的聲音，充滿真切。

「妳早晚也會親眼目睹欲望的漩渦。到時候，妳手上還會有書嗎？還是說，妳在探尋自由和自我，想追求更多……」

「如果那樣的話……」

奈奈美突然開口。

在幾欲凍僵的寒氣中，奈奈美緊緊握拳，像要揮除黑暗般說道：

「到時候你再來找我。」

在一片漆黑中，這簡短的話語瞬間被吞沒。

宰相的形體也變得模糊，看起來時而像將軍，時而像國王，有時則顯露出像年輕女性或矮小少年的輪廓，搖晃不定。

面對那無從捉摸的對手，奈奈美鼓足全身的力氣，接著往下說。

「如果我變了，你就回到我面前，大聲罵我。就說『妳給我振作一點』。」

連她自己也知道這樣很胡來。

但她想不到其他說法。為了傳達出自己想表達的想法，奈奈美朗聲說道：

「未來的事無法預料。與見多識廣的你相比，我不懂的事太多了。而你說的話，有一半我也聽不懂。所以我沒辦法保證自己絕對沒問題。不過，我要拜託你一件事。我要是走偏了，請你來好好痛罵我一頓。」

黑暗一動也不動。

灰色的影子半掩於背後的黑暗中，形體不定。儘管如此，奈奈美感覺得到，有人在一旁豎耳聆聽。

不知道時間過了多久。不知從什麼時候開始，身穿灰色西裝的國王坐在她面前。不僅如此，還以平靜的眼神望著奈奈美。

這是為什麼？

奈奈美心想，這是他們第一次四目交會。她感覺到，在歷經漫長的對話後，灰衣男子終於第一次直視她。

所以奈奈美以振奮的聲音補上一句。

「我不會拋開書本的。不過，如果日後我拋開書本，請你直接對我說『妳在做什麼，妳不是從那座大火籠罩的城堡平安歸來，很厲害的傢伙嗎』。你可以大聲對我怒吼沒關係。叫我『振作起來』！」

雖然有很多事奈奈美都不懂，但有件事她還是知道的。不管再怎麼堅信不疑，有些事還是轉眼就會崩毀。

原本那麼溫柔的父親，也因為被工作追著跑，而忘了自己。理應很溫柔的學校老師，卻露出疏遠的眼神，這種情形奈奈美遇過，也曾被送往醫院，為此鬆了口氣時，醫生卻以很受不了的眼神對待她。大家並非懷有惡意。就只是在努力面對生活的過程中，慢慢失去原本的心靈。

不過，失去的事物，並不會就此結束。只要附近有人在，輕聲提醒，就會再回來。

「最可怕的不是失去心靈。而是在失去時，沒人告訴你。當你把某人踹落時，身邊沒有朋友告訴你，這麼做是錯的。這表示你是孤零零一人。」

也許這世上有很多人連自己是孤零零一人都沒發現。

「我沒問題的。我有許多什麼都願意教的朋友。就像你一樣——重要的朋友。」

國王微微瞪大眼睛。

雖只是個小動作，但暗藏著驚訝。

灰衣男人第一次露出像是表情的神色。

「你如果沒聽到的話，我再講一次。你已經算是我重要的朋友。所以我也要對你說。你要振作起來。」

黑暗並未馬上消散。

奈奈美反而是在一片黑暗中與國王持續對峙。國王雖然依舊是面無表情的灰色臉龐，但原本那壓得人喘不過氣來的沉重氣息已遠去。

國王從奈奈美臉上移開視線，望向自己的右手。

他舉起手中的硬幣，這次改為輕輕放在桌上。隨著微微一聲清響，黑暗就像四散開來般，就此轉亮，四周又變回平時看慣的圖書館。

國王一動也不動。

奈奈美也一句話都沒說。就只是默默注視著望向硬幣的國王。靜靜注視著這位走過數千年歲月的大人物側臉。

『不管什麼東西都有心靈棲宿其中』

沙夜說的話在耳畔響起。

沒錯。

有心靈棲宿的，不光只有書。非但如此，也不光只有手所碰觸的『物』。像話語，甚至是抽象的『概念』，只要有人們的想法持續匯聚，總有一天也會擁有心靈，而開始有行動。

『扭曲的心靈，會棲宿在持續接觸扭曲心靈的人身上』

就像林太郎說的。

國王從遠古時期就與人們同在，遊歷世界各地，改變姿態，改變形體，甚至跨越時光之河。並橫渡可怕的欲望之海。

「真不可思議。」

國王低語道。

奈奈美之所以感到吃驚，是因為那並非冷淡的聲音。非但如此，甚至還帶有些許的高低起伏。

「我不時會遇見像妳這樣的人。並非有多麼與眾不同。但確實擁有某個不同於絕望的東西。」

國王微微嘆了口氣後，喊了聲「奈奈美」，並望向她。
看不出他的情感。
但奈奈美也直直地回望他。
「別忘了。眼睛所看到的並非代表一切。重要的事物，往往存在於心中。」
國王低聲說道，緩緩站起身。在站起的同時，拿起桌上的帽子戴上，從口袋裡取出某個小東西置於桌上。
「妳掉了這個。」
奈奈美為之一驚。
是氣喘吸入器。在那個螺旋梯脫手掉落，用了一半的吸入器。
她抬起臉看，發現那灰色西裝的背影已緩緩離去，一句道別的話也沒說。
奈奈美也沒說話，靜靜望著他的背影消失在書架與書架之間。
腳步聲遠去，不久便再也聽不見了。
一切趨於無聲。
不知何時，窗外已是整面雪景。

終章

事情的結束

從圖書館俯瞰操場，上面排了好幾個雪人。

雖然今年冬天的初雪來得比較晚，但之後的幾天，就像猶豫不決般時下時停的雪，突然就像結束原先的苦惱，轉為大雪。從夜半開始突然愈下愈大，到了隔天仍持續飄降，如今整個市鎮都變得一片白茫。

因為出動了除雪車，車道勉強保持通行，但人行道可就顧及不了了，穿著長靴的女性單手撐著傘，踩著不太穩定的步伐，從堆起的雪山旁走過。擺在民宅門口當裝飾的耶誕樹，也半掩於白雪中，閃爍的燈飾亮光反而增添了幾分夢幻色彩。

奈奈美打開《月亮和六便士》擺在桌上，也不看書，就這樣望著大雪飄降的市鎮。氣象預報說下午就會停止下雪，但這樣已算是近年來罕見的大雪。奈奈美幾乎每天都會從窗戶望著市鎮，對她來說，這樣的景致相當稀奇。

「妳在看什麼書？」

這突如其來的聲音，來自依序四處擦拭閱讀區桌子的那位老圖書館員。

奈奈美微微抬起書，讓他看封面。

「《月亮和六便士》啊。是薩默塞特・毛姆（William Somerset Maugham）的名作。選得好。」

「那是當然。這不就是羽村先生您推薦的嗎。」

聽奈奈美這樣說，老先生頭微微偏向一旁，但他並不以為意。

「毛姆是位一流作家，不過，他的選評眼光也相當出色。他寫過《世界十大小說家及其代表作》這本隨筆，所列舉的十本書確實都很優秀。」

「這我倒是第一次聽說。你再多告訴我一點。我想看。」

「我已經告訴過妳了。《咆哮山莊》就是當中的一本。」

雖然他的口吻冷淡，但感覺帶有一絲愉悅的氣息。

「等妳看完那本書，再來櫃臺找我。不過，要挑我有空的時候哦。」

羽村老先生一邊說，一邊擦拭桌子，漸漸離去。雖然總是板著臉，不易親近，但他工作確實，絕不馬虎。而且這位老圖書館員的選評眼光也不輸毛姆。是圖書館的活字典。

今天圖書館人出奇的多。也許是在這樣的天氣下，附近的居民無處可去，所以才造訪此地。

當她目送老先生遠去時，就像與老先生對調般，同樓層的前方出現朋友的身影。

「奈奈美，抱歉，我來晚了。」

一花高舉著手，快步朝她走來。

她今天沒帶屬於她的註冊商標——弓。就只穿著一件厚大衣，掛著肩背包。

「外頭下著大雪呢，嚇了我一大跳。」

一花如此說道，她的短髮、肩膀都積了雪花。

奈奈美將書籤夾進《月亮和六便士》中。

「不過，變成這種一片雪白的景象後，充滿夢幻感，讓人以為這是書中的景象。」

「妳說的可真悠哉，不過，電車可能會因為這樣而停駛呢。」

「那可就傷腦筋了。」

奈奈美闔上書本。

一花將包包放在一旁的椅子上，像在試探般問：

「在這樣的大雪中，妳能走嗎？」

「沒問題。小事一樁。」

「真的嗎？」

「因為妳也會跟我一起去不是嗎？去夏木書店。」

「也是啦。」
思考片刻後，一花馬上說道：
「可是，不會遇上那隻會說話的貓吧？」
「貓怎麼可能說話。妳在胡說什麼啊。」
「啊，妳在耍我哦，奈奈美。」
奈奈美天真地與一花開著玩笑，將書本和桌上的文具塞進包包裡。
今天預定要和一花一起去夏木書店。

耶誕派對。
林太郎談到這個很少聽到的字眼，是在上個星期天。
他們在書店裡天南地北地閒聊時，林太郎若無其事地這樣說道。對總是自己一個人埋首書本中的奈奈美來說，這是向來與她無緣的字眼。
林太郎笑著說：
「平時總是只有我和沙夜兩人享受紅茶和蛋糕，不過今天想找妳一起過。」
這家風格古樸的舊書店，感覺與耶誕節這個名稱給人的印象搭不起來。可能是察覺到奈奈美的心思，正在對書架撣灰塵的沙夜轉過頭來低語道：

「耶誕夜對我和林太郎來說，是很特別的日子哦。」

沙夜那略帶神祕的口吻，令奈奈美在還沒搞清楚的情況下紅了臉。

林太郎急忙插話。

「沙夜，別對國中生講這種奇怪的話。」

「哪有什麼奇怪的。因為那確實是很特別的日子啊。」

「哪有什麼特別……」

「很特別啊。那可是一個整天窩在家裡的高中生，決定要守護這家小書店的日子。」

林太郎就此閉口不語。

沙夜馬上在奈奈美耳邊悄聲說道：

「而那也是我決定和林太郎在一起的日子。」

見奈奈美的臉愈來愈紅，林太郎很替她擔心，但沙夜不知為何，倒是顯得輕鬆自在。只要談到這類的話題，思慮縝密的林太郎便會被沙夜玩弄於股掌，奈奈美感覺得到了一個新發現。

在這樣的對話中，奈奈美問他們兩人，可否帶自己的朋友一花一同前來。他們兩人當然沒拒絕。回家後，奈奈美跟父親商量這件事，父親同意她的要求，條件是傍晚時要讓他開車來接。

就這樣，一場新的冒險計畫成立了。

對奈奈美來說，這是最教人滿心雀躍的一個禮拜了。對於那天回家前繞往圖書館發生的事，她都還完全沒理出個頭緒。想請教林太郎和沙夜的事多得像山一樣，但她連該從哪裡說起也不清楚。光想就覺得腦中一片混亂，但最後她還是和一花一起搭電車前去參加那場耶誕派對。

經過一番雜亂無章的苦思後，奈奈美停止思考。

就像沙夜說的，時間會告訴我們許多事。像這種時候，真正重要的肯定是「在它變得溫度適中之前，要悠哉地看看書架，靜靜等候」。

「又不是出什麼遠門，妳的包包也太大了吧？」

聽一花這麼說，奈奈美拍了拍自己的包包。

「因為裡頭放了許多書。《索拉力量》是在這裡借的，而《貝多芬的一生》以及

《三四郎》則是從夏木書店借的。」

「妳一次看三本書？」

「雖說是三本，但內容完全不同，分別講的是太空人的故事、音樂家的故事，以及大學生的故事。附帶一提，我剛才從書架上拿來的這本《月亮和六便士》是講畫家的故事。」

奈奈美講得眉飛色舞，一旁的一花則是聽得很傻眼。

「那麼，把畫家的故事放回書架後，我們就出發吧。」

「是～」

發出充滿朝氣的回應後，奈奈美站起身。

一次同時看多本書，這樣仍嫌不夠，還會伸手拿其他書，這是令奈奈美感到傷腦筋的毛病。想看的書太多了，怎麼也追不上。

《月亮和六便士》是位於「英國文學」的書架上，所以她請一花幫她顧好包包，自己走向深處的書架。因為剛剛才從那裡抽出這本書，所以她毫不躊躇。

把書放回原位後，奈奈美輕輕說了一聲「好了」，正準備走回原位時，突然在「法國文學」的通道前方停步。

她的目光很自然地移向那長長通道的深處。

眼前是一條兩邊被書架包夾的普通通道。此時沒有藍白色的光芒，也沒有無限連綿的書架，前方不遠處就是盡頭，那裡也有書架。只要手一伸，就能摸到一整排的波特萊爾全集，眼前那擠得滿滿的書本，並未出現不自然的空隙。

很平凡、祥和的日常景致。

自從那天目送灰色西裝男離去後，並沒發生什麼大變化。什麼事都沒解決，自己的眼界也沒突然變得開闊。但心中起了些許改變。她開始想知道更多事。

自己有太多不知道的事。不該只是坐著看書，也得靠自己的雙腳在圖書館外多走走才行。灰衣男人說的話，希望日後有一天至少能聽懂一半。為了這個目標，她得從這個不知何時開始封閉其中的狹小世界，慢慢踏向外面的世界才行，現在的奈奈美很明白這點。

正當她腦中浮現這些思緒時，奈奈美不經意地望向盡頭處的書架底下。

不知何時，有隻貓蹲坐在那裡。

是那隻長著等邊三角形的耳朵和翡翠色眼睛的虎斑貓。毛色漂亮，銀色的貓鬚無比優雅，光是坐在那裡就顯得充滿威嚴。

奈奈美並不驚訝。她手搭在書架上，朝虎斑貓回望了一會兒。

不久，她以習以為常的口吻問道：

「今天又怎麼了？」

虎斑貓輕甩尾巴。

「沒什麼，只是依照慣例巡邏。」

是那熟悉的低沉嗓音。

「我擔心會不會又出現麻煩人物，偷偷把書帶走。」

「目前似乎可以放心哦。」

「似乎是這樣沒錯。」

貓和少女靜靜地四目交接。

接著他們相視而笑。

「我還以為再也不會見到你了……」

奈奈美雖然一直佯裝若無其事，但她的聲音微微顫抖。

「林太郎先生也說『牠是個很沒禮貌的傢伙，只要事情辦完，就不會再回來』。」

「我確實有事找妳。」

虎斑貓說。

「我得向妳道謝才行。」

「道謝？」

「妳帶我離開那場大火。我還沒為此事向妳道謝。我能從那座城堡平安歸來，都多虧有妳。」

奈奈美答不出話來。

突然湧現的情緒，光是要極力忍住，就已經很不容易了。

奈奈美其實也很明白，像這種時候可以說「彼此彼此」，或是「你也幫了我許多忙」，有很多說法可用。但她脫口說出的話，卻完全不同。

「後來我被整得好慘啊。吃足了苦頭。」

奈奈美硬擠出笑容說道，虎斑貓誇張地點著頭。

「說得也是。想必很辛苦吧。不過妳沒放棄。到最後都沒放棄，用盡全力地跑。最重要的是，妳沒放棄希望。」

聽到那溫暖的聲音，要勉強保住笑臉實在很難。

其實真正受到幫助的，是奈奈美。之所以沒放棄，是因為虎斑貓告訴她別放棄。但這些想法無法轉為話語。如果說出口，聽起來反而會覺得隨便。

奈奈美很想衝過去緊緊抱住牠，但她知道，如果這麼做，虎斑貓會馬上轉身，所以她站在原地不動。

「我不會問你，以後是否還能再相見。」

「心態正確。人類就是廢話多。」

說完後，虎斑貓緩緩起身。奈奈美就像急著要攔住牠似的，開口說：

「很高興能再見到你。」

雖然是這樣一句話，虎斑貓仍停下動作，轉頭望向她。

「要好好保重身體。」

「我沒問題的。所以……」

停頓片刻後，奈奈美靜靜地接著說。

「你以後要是有困難，記得再來找我。我會先做好暖身的。」

虎斑貓似乎略感驚訝，瞪大牠翡翠色的眼睛，但接著輕笑起來。

然後牠像風一樣輕身一躍，消失在書架後方。

眼前只剩那平凡無奇的整排書架。

甚至沒空與牠像樣的道別。

「奈奈美，妳怎麼了？」

遠處傳來一花的叫喚聲。見奈奈美遲遲沒回來，她感到擔心。

我這就過去——奈奈美應道，再次望向通道深處，但當然不見虎斑貓的身影。

奈奈美朝那空無一人的場所，再次用力地說道：

「你隨時都可以來找我。我一定會去的。」

奈奈美俐落地轉身。

她穿過書架間，回到原位後，看到一花單手拎著包包站起身。

下個不停的雪，不知何時已經停歇。陽光從雲縫間傾注而下，連圖書館內也被照亮。望向窗外，覆滿白雪的街景，銀光閃亮。

儘管因眼前耀眼的景致而瞇起眼睛，但奈奈美並未停步。

冬日清澈的陽光，柔和地照亮她腳下的雪地。

初出

序章～第一章　「STORY BOX」二〇二三年九月號
第二章～終章　全新發表
※本作品純屬虛構，書中登場人物、團體、事件等，全是虛構。

愛讀本 017

守護你的貓

君を守ろうとする猫の話

作
者：
夏川草介｜
譯者：高詹燦｜
出版者：愛米粒出版有限
公司｜地址：台北市 10445 中山
北路二段 26 巷 2 號 2 樓｜發行人：
陳銘民｜總編輯：陳品蓉｜封面設計：
陳碧雲｜美術設計：劉凱西｜初版一刷：二
〇二五年五月十二日｜定價：390 元｜總經銷：知己圖
書股份有限公司｜郵政劃撥：15060393 ｜（台北公
司）台北市 106 辛亥路一段 30 號 9 樓｜電話：（02）
23672044 ／ 23672047 ｜傳真：（02）23635741 ｜（台中公
司）台中市 407 工業 30 路 1 號｜電話：（04）23595819 ｜傳真：
（04）23595493 ｜法律顧問：陳思成｜國際書碼：978-626-7601-
09-9 ｜ CIP：861.57 / 114002619 ｜

愛米粒出版有限公司
Emily Publishing Company, Ltd.

因為閱讀，我們放膽作夢，恣意飛翔。
在看書成了非必要奢侈品，文學小說式微的年代，愛米粒堅持出版好看的故事，
讓世界多一點想像力，多一點希望。